आपकी नज़र

(काव्य संग्रह)

चन्दर मोहन "चन्दर"

साहित्यपीडिया पब्लिशिंग

साहित्यपीडिया पब्लिशिंग

नोएडा (भारत) – 201301

दूरभाष - (+91)-961-806-6119

ईमेल - publish@sahityapedia.com

वेबसाइट - publish.sahityapedia.com

प्रथम संस्करण - 2018

ISBN - 978-81-937022-2-2

प्रस्तावना

जैसे ही बच्चे का जन्म होता है वो रोता है उसका रोना उसके जीवित होने का प्रमाण होता है पर वो रोता है 'माँ' से पृथक होके जिसका अभिन्न अंग होता है और उसी में पल रहा होता है...पृथक होने का दर्द है उसको...पर उस के दर्द में सब खुश हो रहे होते हैं... 'माँ' के रूप का...महानता का भगवान् भी बखान नहीं कर सकता है...अपनी 'माँ' को जो इस संसार में नहीं हैं नमन करते हुए उनके रूप को हर माँ में नमन करता हूँ...'जननी' की महानता में गुणगान में हर शब्द अप्राप्य है...

प्रकीर्ति में हर प्रकार की ऋतुएं हैं...हर ऋतू का अपना स्वरुप है...आनंद है....सोच के देखिये की अगर एक ऋतु का भी अभाव हो तो जीवन का आनंद कितना कम हो जाता है...अधूरा हो जाएगा जीवन...पर हम प्रकीर्ति के इस रूप को ऋतुओं को अपनी वाणी से...अपने कर्मों से...अपनी सोच से प्रदूषित कर रहे हैं...और बदले में वही मिल रहा है हमें...हम असहष्णु हो रहे हैं....सामाजिक रूप में प्रगति कर रहे हों बेशक.....अंधाधुन्द की भागदौड़ में सब रेस लगा रहे हैं एक दूसरे के साथ ...बिना सोचे समझे.....चेहरे पे मुखौटा जीत का है लेकिन भीतर से 'हार' रहे हैं...एक ऐसा द्वन्द चल रहा है...ऐसे मकड़जाल में फंसे हैं कि निकल नहीं पा रहे...प्रताड़ित हैं अपने आप से....यही अंतर्द्वंद है मेरी रचना 'हार' में...

समाज में अपने को स्थापित करने को...दूसरे से आगे निकलने की ऊहापोह परिवार के सदस्यों को स्वार्थ का पंजा दबोचे जा रहा है....रिश्ते 'हम' के अपनेपन से निकल कर 'मेरे' 'तुम्हारे' में टूट रहे हैं... निस्वार्थ और प्रेम भावों से जुड़े

परिवार...बीते दिनों की बातें होने लगी हैं....समाज कैसे एक रहेगा...एक प्रश्न चिन्ह है सब के आगे...सब के पास समाधान भी है लेकिन अहम सर्वोपरि है....

समाज में विषमताएं है...भूख है...लाचारी है...धर्मान्धिता है...राजनीति इन सब पे हावी है...कोशिश है मेरी इन सब पे एक...'आपकी नज़र' कोशिश है मेरी चेतन..अवचेतन मन से उपजे भावों को रूप देने की ....समाज में जो हमारे इर्द गिर्द हो रहा उसको परिलक्षित करने की...अगर एक भी दिल को ये छू जाए तो कोशिश मेरी सफल हुई...अपने विचारों से...अपनी आलोचनाओं से कृतार्थ अवश्य करियेगा....

चन्दर मोहन "चन्दर"

आभार

'आपकी नज़र' को मूरत रूप देने में प्रकीर्ति के हर रूप का मैं आभारी हूँ...वो पेड़ पौधे हों...'पत्थर' हों जिन्हें हम बेजान कहते हैं नासमझी में...समाज में हर एक प्राणी का आभारी हूँ....जिनके विचारों ने आचरण ने मेरी कलम को भाव दिए हैं....हर उस 'दोस्त' का 'दुश्मन' का जो पास न हो के भी पास है दिल के करीब है...जिनकी सहभागिता हर पल मेरे जीवन को अनुभव देने में और उसको निखारने में...कलमबद्ध करने में साथ रही है....

इंसान रुपी जीव की यात्रा कहाँ से प्रारम्भ हुई कहाँ खत्म होगी...ये बहस का विषय है...पर पैदा होते ही वो "माँ" को स्थूल रूप में देखता है...'माँ' बच्चे की पहली गुरु है उसका सम्मान सर्वोपरि है...'माँ' नहीं है तो जीवन नहीं है....आज जो 'बेटी' है कल वो 'माँ' के रूप में होगी...बेटी को संरक्षण...बेटी का सत्कार 'माँ' का सत्कार है....एक सुदृढ़ समाज की नींव है.... आभारी हूँ मैं 'माँ' और 'बेटी' का....'आपकी नज़र' इन्हीं दोनों रूपों को समर्पित करता हूँ....जय हो....

चन्दर मोहन "चन्दर"

अनुक्रम

भाग – 1

भक्ति भाव

1) हे सरस्वती माँ मेरी...

हे सरस्वती करुणामयी अनुकंपा करो माँ मेरी....
ओज भरी मधुर हो वाणी सरस हो मेरी लेखनी....
ओज भरी मधुर हो वाणी सरस हो मेरी लेखनी....
हे सरस्वती करुणामयी अनुकंपा करो माँ मेरी....

कर्म हो निज स्वार्थ रहित परमार्थ मेरा लक्ष्य हो...
कर्म हो निज स्वार्थ रहित परमार्थ मेरा लक्ष्य हो...
उर मेरा प्रेम भरा रहे मन कमल हो मेरा भारती....
मन कमल हो मेरा भारती....
हे सरस्वती करुणामयी अनुकंपा करो माँ मेरी....

रहूँ ज्ञान पथ मैं अग्रसर तेरे नयनों से प्रकाश हो....
रहूँ ज्ञान पथ मैं अग्रसर तेरे नयनों से प्रकाश हो....
ना क्रोध भय उन्माद हो चन्दन बनूँ मैं परमेश्वरी.....
चन्दन बनूँ मैं परमेश्वरी.....
हे सरस्वती करुणामयी अनुकंपा करो माँ मेरी....

करून हाथ जोड़ मैं वंदना मुझे दम्भ ना ही द्वेष हो...

करून हाथ जोड़ मैं वंदना मुझे दम्भ ना ही द्वेष हो...
'चन्दर' की तुझ से ही प्रीत हो ध्यान तेरा वीणावादिनी.....
हो ध्यान तेरा वीणावादिनी.....
हे सरस्वती करुणामयी...अनुकंपा करो माँ मेरी....

माँ शारदे हंसवाहिनी माँ भारती भुवनेश्वरी.....
तिमिरहारिणी वाघीश्वरी हे सरस्वती माँ मेरी....
हे सरस्वती माँ मेरी......हे सरस्वती माँ मेरी

2) गुर कृपा...

गुर मेरी तब लाज राखी...जब छोड़ दियो सब साथ....
ऐसे गुर को क्यूँ ना भजूं...जित भजे मिले आनंद अपार....

गुर पूरा मुझको मिला...मैल जनम जनम के गए धोए....
ऐसे गुर को क्यूँ ना भजूं...जित भजे मन निर्मल होये.....

गुर की चरणी मैं जो पड़ा...मेरा मस्तक ऊंचा गया होये....
ऐसे गुर को क्यूँ ना भजूं...जित भजे मैं अवगुण खोये....

गुर मेरा मैं गुर का हो गया.....जब गुर ने पकड़ा हाथ....
ऐसे गुर को क्यूँ ना भजूं.....जित भजे मिले संत समाज....

गुर मेरे ने कीन्हीं किरपा...मुझे अपना लियो बनाये.....
ऐसे गुर को क्यूँ ना भजूं.....जित भजे गोबिंद मिल जाए.....

☙❧

3) जय जननी जय माँ.....

(जननी को समर्पित)

जय जननी जय माँ....जय जय जननी जय माँ....

शत शत तुझे प्रणाम...शत शत तुझे प्रणाम.....

जय जननी जय माँ...जय जय जननी जय माँ...

तेरे प्राण हैं मुझमें बसते...

तेरी ख़ुशी मैं माँ.....

हर पल मेरा तूने संवारा....

कर सुख अपना बलिदान...

माँ कर सुख अपना बलिदान....

शत शत तुझे प्रणाम...शत शत तुझे प्रणाम.....

जय जननी जय माँ...जय जय जननी जय माँ...

हर इच्छा थी पूरी करती...

कल्प बृक्ष बन माँ....

तन पे कपडे तेरे चीथड़े...

मैं सज धजा था माँ....

मैं सज धजा था माँ....

शत शत तुझे प्रणाम...शत शत तुझे प्रणाम.....

जय जननी जय माँ...जय जय जननी जय माँ...

हर चिंता तू मेरी हरति...

गोद में थी जब लेती...

तेरे बाहों के झूले में..

मिले स्वर्ग की हस्ती...

माँ..मिले स्वर्ग की हस्ती...

शत शत तुझे प्रणाम...शत शत तुझे प्रणाम.....

जय जननी जय माँ...जय जय जननी जय माँ...

मुख तेरा शीतल आभा निराली...

जैसे दुर्गा शक्ति....

मेरे मन में जोत प्यार की...

तुझ से ही है जलती...

माँ...तुझ से ही है जलती...

शत शत तुझे प्रणाम...शत शत तुझे प्रणाम.....

जय जननी जय माँ...जय जय जननी जय माँ...

सूरज चाँद तेरे दो नैना..

दिल में गंगा बहती....

सारे तीरथ चरण तेरे माँ....

जिनपे सृष्टि झुकती...

माँ..जिनपे सृष्टि झुकती...

शत शत तुझे प्रणाम...शत शत तुझे प्रणाम.....

जय जननी जय माँ...जय जय जननी जय माँ...

तू ही दुर्गा...तू ही यशोदा...

तू झाँसी...तू मरियम...

हर रूप में शोभा निराली...

तू है सबसे महान....

माँ...तू है सबसे महान....

शत शत तुझे प्रणाम...शत शत तुझे प्रणाम.....

जय जननी जय माँ...जय जय जननी जय माँ...

तू ही भक्ति...तू ही शक्ति...

तू ऋद्धि...तू सिद्धि...

गुण गा के तेरे माँ मेरी...

हर तृष्णा मेरी मिटती....

माँ..हर तृष्णा मेरी मिटती...

शत शत तुझे प्रणाम...शत शत तुझे प्रणाम.....

जय जननी जय माँ...जय जय जननी जय माँ...

गोद में तेरी खेले आ के...

समय समय के अवतारी...

अहोभाग्य माँ मेरा जिसने...

तुझसे है सूरत पायी...

माँ..तुझसे है सूरत पायी...

शत शत तुझे प्रणाम...शत शत तुझे प्रणाम.....

जय जननी जय माँ...जय जय जननी जय माँ...

“चन्दर” तेरा करे अर्चना...

बिनती सुन लो मेरी...

माँ बिनती सुन लो मेरी...

आशीष दो माँ जन्म जन्म...

तू ही रहे माँ मेरी....

बस तू ही रहे माँ मेरी...

जय जननी जय माँ...जय जय जननी जय माँ...

शत शत तुझे प्रणाम...शत शत तुझे प्रणाम.....

4) प्रार्थना....

श्याम रंग है तेरा श्याम ही कर दे मेरा ..

दूजा रंग चढ़े ना कोई ऐसा रंग तू कर दे मेरा....

मैं हो जाऊं तेरी मोहन तू हो जाए मेरा....

कुछ ऐसा कर छलिया मेरे खत्म हो जीवन का फेरा...

ऐसा रंग तू कर दे मेरा....

तू मेरे भीतर है तो फिर क्यूँ है अँधेरा....

हे ज्योतिर्मय कर प्रकाशित .....मंन आँगन मेरा...

ऐसा रंग तू कर दे मेरा....

तू ही समंदर तू ही खेवट मेरी जीवन नाव के....

पकड़ ले बाजू सखा मेरे... हो जाए बेडा पार मेरा....

ऐसा रंग तू कर दे मेरा....

☙

5) लोरी ....

निंदिया आना री आना...

चुप्पके से...हो चुप्पके से....

सपने सुहाने तू ले के आना...

चुप्पके से...हो चुप्पके से...

निंदिया आना री आना...

चुप्पके से...हो चुप्पके से...

मोहिनी मूरत है सांवली सूरत है...

मोहिनी मूरत है सांवली सूरत है...

उसपे मधुर मुसुकाना.....

निंदिया आना री आना...

चुप्पके से...हो चुप्पके से...

मोर मुकुट सर...पायल पाँओं में...

मोर मुकुट सर...पायल पाँओं में...

बंसी की धुन तू सुनाना....

निंदिया आना री आना...

चुप्पके से...हो चुप्पके से...

छम् छम् बाजे पायल लला की....

छम् छम् बाजे पायल लला की....

उसपे कमर मटकाना....

निंदिया आना री आना...

चुप्पके से...हो चुप्पके से...

यशोदा के लाला....गिरधर गोपाला...

राधा के संग में आना.....

निंदिया आना री आना...

चुप्पके से...हो चुप्पके से...

छलिया छलाए... आँखें मटकाए....

पागल 'चन्दर' है ज़माना...

निंदिया आना री आना...चुप्पके से...हो चुप्पके से...

सपने सुहाने तू ले के आना...चुप्पके से...हो चुप्पके से...

℘

6) हे केशव...हे दीनदयाल....

हे केशव...हे दीनदयाल....

पीड़ा हरो मेरी गोपाल....

पीड़ा हरो मेरी गोपाल....

हे केशव...हे दीनदयाल....

तमस भरा अंतर्मन मेरा...

मुझको ने दीखे कोई सवेरा....

ज्योतिपुंज मोहे दो प्रकाश....

हे गोबिंद....हे नन्द लाल....

जीवन की यह भूल भुलइआ....

समझ न आये मुझको गोस्सैईआं...

काटो माया का भ्रमजाल....

मायाधारी....मदन गोपाल....

तुम बिन कौन सुने मेरी पीड़ा...

तुम बिन कौन हरे मेरी पीड़ा...

'चन्दर' आन पड़ा तेरे दुवार.......

हे करुणाकर...प्रेमावतार...

पीड़ा हरो मेरी गोपाल....

हे केशव...हे दीनदयाल....

&

7) लागे तोसे नैन....

लागे तोसे नैन सांवरिया....

तोसे लागे नैन......

लागे तोसे नैन सांवरिया......

तोसे लागे नैन.....

दिवस दिवस रही बाट निहारूं...

गिन गिन तारे रात गुजारूं...

मोहे पड़े ना चैन...सांवरिया...

लागे तोसे नैन.....

मोहे पड़े ना चैन...सांवरिया...

लागे तोसे नैन.....

फल और फूल सजाऊँ निस दिन...

चुन चुन कांटे राह बुहारू....

उसपे रिमझिम बरसे नैन...सांवरिया...

लागे तोसे नैन....

रिमझिम बरसे उसपे नैन...सांवरिया...

लागे तोसे नैन....

ओ निर्मोही..निष्ठुर कान्हा.......

कब आओगे यह तो बता ना...

पत्थर हो जाए ना नैन...सांवरिया...

लागे तोसे नैन

पत्थर हो जाए ना नैन...सांवरिया...

लागे तोसे नैन

दीन 'चन्दर' की बिनती सुन लो...

एकहि बिनती...बस एकहि बिनती...

अंत बसो आ नैन.....सांवरिया...

लागे तोसे नैन....

अंत बसो आ नैन...

'चन्दर' को मिले चैन... सांवरिया...

लागे तोसे नैन...

लागे तोसे नैन.. सावरिया...

तोसे लागे नैन...

8) उलाहना...नैना नीर बरसें......

नैना नीर बरसें...माधवा

नैना नीर बरसें....

मन मेरा तरसे...

मन मेरा तरसे...माधवा....

नैना नीर बरसें....

सोऊं ना जागूँ...बाट निहारूं...

पलकों पे कांटे चुभते...माधवा...

नैना नीर बरसें....

तड़पे है मन मेरा....भाये ना मुझे बसेरा....

द्वार तेरे को तरसे...माधवा....

नैना नीर बरसें....

कुछ ना चाहूँ....कुछ ना माँगूँ....

फिर क्यूँ मुझसे रूठे....माधवा...

नैना नीर बरसें....

गोकुल की तुम फ़िक्र करो बस....

मेरा मन रहे तरसे....माधवा...

नैना नीर बरसें....

नैना नीर बरसें...माधवा

मन मेरा तरसे...

मन मेरा तरसे... माधवा

नैना नीर बरसें....

9) जिन खोजा तिन पाया..

प्रेम का भूखा जग फिरे....

प्रेम न पायो कोये....

सारी धरती प्रेममय...

चक्षु खुलें तो चखना होये....

10) जिन खोजा तिन पाया-1...

खोजत रहा जब मैं बाहर...

आपण को ही खो दिया...

दुःख संताप सब धर लिए मुझको...

वैरी मुआ सब जग भया....

वैरी मुआ सब जग भया....

चिंता बहुत सताए....

हर पल हर छिन्न खुशियां मेरी...

मिट्टी में मिल जाएं.....

मिट्टी में मिल जाएं...

सोच भयो बढ़ी भारी...

एक दिन इक बात फ़क़ीर की...

दिल में मेरे उत्तर गयो...

दिल में मेरे उत्तर गयो....

मैं अपने दिल में झाँका...

फिर न पूछो हाल क्या हुआ...

भीतर ही गयो समाये....

भीतर ही गयो समाये....

आनंद भयो मेरी माए....

रोग दोष संताप बिछड़े...

तन मन निर्मल हो गयो माए....

तन मन निर्मल हो गयो माए....

ना वैरी मैं किसी का....

ना कोई मेरा वैरी पायो....

समरस सब हो गया भायो....

समरस सब हो गया भायो....

परमानन्द फिर पायो...

मैं था उसका वो था मेरा....

एक रूप में समायो...

एक रूप में समायो...

एक ही एक सब ओर भायो....

न कोई दूसरा न अनेक...

एक ही एक सब ओर भायो ....

एक ही एक सब ओर....

☙

11) आओ न मेरे प्राणाधार...

चले आओ ना हृदय द्वार...

मन मेरा करे चीत्कार...

कहाँ हो मेरे प्राणाधार....

चले आओ ना हृदय द्वार...

मूक मन अस्थिर ज्योति....

तड़पें अधर,चाह गंगोत्री....

लुटती सांसें तन जीर्णाकार..

कहाँ हो मेरे प्राणाधार....

विपुल वेदना ठाठे मारे...
नैणां मेरे यूं यमुना धारे...
हृदय मेरे घोर अन्धकार....
कहाँ हो मेरे प्राणाधार....

कोलाहल ये भव सागर...
मन मेरा भी भस्मासुर...
सुन अनंत अन्तस् पुकार...
कहाँ हो मेरे प्राणाधार....

चातक मन ठौर नहीं...
हृदय गति और नहीं...
दरस तेरा निर्वाणाधार...
कहाँ हो मेरे प्राणाधार....

आंसू से मैं पथ पखार दूँ...
आखों से कांटे बीन दूँ...
नहीं होता अब इंतज़ार...
आओ न मेरे प्राणाधार....

भाग – 2

छंद

1) माँ-ईशवर.....

I I छंद-चोपाई I I

कर जोर खड़ा प्रभु के आगे, मन में भाव कभी ही जागे...

माँ 'चंदर' आवाज़ लगायी, रोम रोम मिठास घुल आयी...

कैसे कथन करूं जस तैसा, अनुभव जो गूंगे के जैसा...

ईशवर रूप बनाया एसा, माँ में खुद को छुपाया एसा...

2) माँ चरणों में....

I I छंद-चोपाई I I

ऊषा किरणें चरण पखारे, पुरवाई चंवर झुलाये ...

नाटक करते नटखट कान्हा, मूंदें आँखें ज्यूं सोने का...

बलिहारी लीला पे उसकी, श्याम सलोनी सूरत जिसकी....

डांटे माँ ये चाह उसे भी, उँगली पे है जग यह जिसकी....

माँ की महिमा न-कही जाये, गुण जिसके तिर्देव भी गाये...

माँ चरणों में तीर्थ सारे, कहते वेद पुराण हमारे...

हो जाओ बडभागी कितने, तीर्थ घूमाओ तुम कितने...

त्रस्त किया है माँ को जिसने, पाप नहीं है उसके मिटने...

℘

3) ममता बंधन....

I I छंद-चोपाई I I

नटखट कान्हा भागें आगे, मात यशोदा पीछे पीछे...

पकड़ लिए कान्हा जब माँ ने, बाँध दियो ओखली संग में....

जिसको देखे टूटें बंधन, बंधे वो ममता के बंधन...

बलिहारी जाऊं मैं उसके, मोर मुकुट है सर पे जिसके...

4) माँ महिमा....

I I छंद-चोपाई I I

मैया चाँद दिला दो मुझको,गर लगता मैं प्यारा तुझको...

नहीं मिला जो चाँद खिलौना,गुस्सा मैं फिर तुमसे होना...

मत अपना तुम लल्ला कहना,नन्द लाल मैं बन के रहना...

कृष्णा माँ महिमा समझाए, हक़ से हठ्ठ में प्यार जताए....

माँ के रूप भरी है ममता,बच्चा निर्भय हो सब कहता...

कोई नहीं कहीं माँ जैसा, निश्छल प्रेम लुटाता ऐसा...

5) मात-प्रेम ...

I I छंद-चोपाई I I

दाम छोटी पड़ती जाए, कृष्णा उदर बंध ना पाए...
माँ लल्ला का बंधन चाहे, योगी भी पकड़ना चाहे...
मायाधारी में जो उलझे,योग ज्ञान तप से ना सुलझे...
बलिहारी लीला पे जाऊं,बिना प्रेम कृष्ना ना पाऊं...
बन दामोदर कीन्हीं किरपा,बंधे मात प्रेम में कृष्णा...
पद पंकज तोरे है बिनती, बांधों चंदर अपनी प्रीती...

6) रम जाओ तुम मुझमें ऐसे

I I छंद-चोपाई I I

रम जाओ तुम मुझमें ऐसे,रंग मिला पानी में जैसे...
तुम सज जाओ ऐसे दिल में,जैसे देव सजे मंदिर में....
ढूंढूं कहीं खुदा मैं क्यूँकर,मंदिर हो चाहे गिरिजा घर...
चाहूँ देखूँ दिल में तुम को,जब चाहूँ पूजूँ मैं तुम को...

7) नमो देव भोले...

I I छंद - भुजंगप्रयात I I

नमो देव भोले नमो देवनाथं

नमो शंकरा सर्व भूतादिवासं

नमो शूलपाणी विरूपाक्ष रुद्रं

नमो अंबिकानाथ पादार्विन्दं

(नमन करता हूँ मैं उस शिव को जो भोले हैं जो देवों के नाथ हैं...नमन करता हूँ मैं उस शंकर को जो सब का भला करते हैं सब में निवास करते हैं....नमन मेरा त्रिशूल धारी विचित्र आँख वाले (तीन नेत्र वाले) रूद्र को....नमन मेरा गौरी... अम्बिका नाथ को जिनके चरण कमल जैसे हैं....)

8) नमामी महांदेव गंगा धराये...

I I छंद - भुजंगप्रयात I I

नमामी महांदेव गंगा धराये

जटाजूट शंभू पिनाकी धराये

नमामी कपाली भक्तवतसलाये

नमामी नमामी मृतुन्जय शिवाये

(नमन करता हूँ मैं देवों के देव महादेव जिन्होंने गंगा को धारण कर रखा है...जटाओं का जिन्होंने जूड़ा बना रखा है और पिनाकी नाम का धनुष धारण कर रखा है...भक्तों के प्यार के वशीभूत उनको भय से मुक्त करते कपाली रूप को मैं नमन करता हूँ.....मैं कण कण में विद्यमान मृत्यु को जीतने वाले शिव को नमन करता हूँ.....)

❧

9) मैं जग मचाया शोर....

I I छंद - गीतिका I I

अपनी अपनी सब कहते, अपनी ना पहचाने....

अपने को जब खो बैठे, आयी अक्ल ठिकाने...

चोरों का सरदार बना, लिए धर्म का ठेका...

कोवा हंस बना जब हो, होगा क्या खुदा का...

मन चंचल फिरा भागा, बिना पैर ओ सर के....

नहीं ठोर जब मन में तो,वन वन है फिर भटके...

खोजत खोजत सब घूमा, मिला नहीं मुझे चोर...

वो मेरे अन्दर ही था, मैं जग मचाया शोर....

ℭ

10) प्रेम मोल ....

I I छंद - उल्लाला I I

कान्हा नयन बह रहे, सुदामा चरण धुल रहे

निर्मल छवि ये देख के,सब लोक धन्य हो रहे

प्रेम मोल अनमोल है, जो प्रेम ही आंक सके

तंदुल में मोहन बिके, जो त्रिलोक न तोल सके

৩৪

11) मिलन...

I I छंद – उल्लालाI I

भावों से था भर उठा, नयन में पर नीर नहीं I

कहते बात बने नहीं, न कहने में धीर नहीं I I

भाव सागर के दिल के, जाने प्यासी नदिया I

कलकल करे वो तड़पे,आ मिले सागर नदिया I I

৩৪

12) नंदलाल की मुरली बाजी

I I छंद सरसी I I

नंदलाल की मुरली बाजी, चढ़ा प्रेम का रंग

सुधबुध सबकी ऐसी बिसरी,भूल गये सब ढंग

कोई नाचे कोई गाये, सब हुए एक ही रंग

मोहपाश कृष्णा के बंधे, जग मोह हुआ भंग

☙

13) सब उसके हैं खेल....

I I छंद सरसी I I

चितचोर माखनचोर है वो, गिरिधर ही गोपाल I

रणछोड़ कहो गोकुल ग्वाला,कह डारो नँदलाल I I

नाम पुकारो कुछ भी उसका,सब उसके हैं खेल I

राधे राधे पुकारा किया, कृष्णा कर गए मेल I I

☙

14) मनमीत...

I I छंद सरसी I I

कैसी प्रीत जगाई कान्हा, मन मांगे चितचोर....
सारी रात आँख न भींचूँ, आस मिलन में भोर...
भूख प्यास मोहे न लागे, मन की एक ही रीत...
मिल जाए मुझे श्याम सांवरा,जो मेरा मनमीत...

15) सन्मार्ग पर धर तू पग...

I I छंद - कुंडलियांI I

पग धर नभ पर चलत ही, ऊंची रही उड़ान...
तन मन से जब कट गया, गैर हुआ इंसान...
गैर हुआ इंसान, मन प्रेम मोल न जाना....
कह चन्दर कविराय, साथ ना कुछ है जाना...
सब यहीं रह जाना, जब जाना छोड़ के जग...
कर्मफल मिलना सब, सन्मार्ग पर धर तू पग...

16) पिया मिलन की आस

I I छंद - कुंडलियांI I

मन मेरा बिना घुँघरू, नाचे क्यूँ छम छम...

जलधार मेरी आँखें, बिना बादल छम छम....

बिना बादल छम छम, उठे है दिल में तरंग...

पिया मिलन की आस, अंग अंग नयी उमंग...

पवन चले मदमस्त, सुगन्धित है मन आँगन...

रुका समय ओ दिल, भागे बिना धीरज मन...

৹৪

17) छन्न पकैया....

छन्न पकैया छन्न पकैया, बसंत राजा आये...

बगिया में फूल खिले हैं, भँवरे भी मंडराएं...

छन्न पकैया छन्न पकैया, अपनी दिल की बोली...

नासमझा कूंएं में जा, जो समझा हमजोली...

৹৪

18) नैन दियो भरमाए...

I I दोहे I I

देख देख तन आपना, काहे का अभिमान....

पल में टूटे खिलौना, आन पड़े शमशान....

साँच साँच तू बोल के, झूट साँच बनाये....

साँच अग्नि जब आ जली, सबहि दिया जलाये...

मेरे मन में राम है, तुझ में बसे रहीम....

जल एकहि ज्यूं घड़ों में, ऐसे राम रहीम...

मनका फेरे उम्र गयी, मन मिटी न तृष्णा...

भीतर आँख खुली नहीं, नजर आए न कृष्णा...

"चन्दर" का मन बावरा, नैन दियो भरमाए...

या सूरत वो सांवरी, या प्राण निकस जाए...

❧

भाग – 3
कविता/नज़्म

1) हर बात तुम्हारी अच्छी है

मैं तुम से बेहतर लिखता हूँ..
पर भाव तुम्हारे अच्छे हैं

मैं तुमसे बेहतर दिखता हूँ
पर अदा तुम्हारी अच्छी है

मैं तुमसे बेहतर गाता हूँ
पर धुन तुम्हारी अच्छी है

मैं रहता खुश हरदम हूँ
पर मुस्कान तुम्हारी अच्छी है

मैं ग़ज़ल खूब कहता हूँ
पर तक़रीर तुम्हारी अच्छी है

मैं कितना भी कुछ कहता रहूँ
पर हर बात तुम्हारी अच्छी है

2) इंतज़ार

हर सुबह उठता हूँ...

चोखट पे दिया जलाता हूँ....

उसके आने का इंतज़ार है...

हर आहट पे चोंक जाता हूँ ...

दिन के साथ साथ उसके सुनहरे रूप को निहारता हूँ....

वो ऐसे मुस्कुराती है वो ऐसे खिलखिलाती है....

उसकी चाल से हर धुन सजाता हूँ....

हर पल की तस्वीर बनाता हूँ...

हर आहट पे चोंक जाता हूँ...

तितलियों में उसकी शोखिओं को संभालता हूँ...

खिलते फूलों में उसकी आभा को संवारता हूँ...

उसकी खुशबू से मदमस्त पाता हूँ ...

जब भी पवन के झोंके से टकराता हूँ....

हर आहट पे चोंक जाता हूँ...

घुमड़ते बादलों से गेसुओं की तस्वीर बनाता हूँ...

बिजली चमकती चूड़िओं से ऐसी याद दिलाता हूँ...

उसी के गीत गुनगुनाता हूँ ...

मयूर बन झूम झूम जाता हूँ....

हर आहट पे चोंक जाता हूँ...

मैं शाम को दिया नहीं जलाता हूँ....

उसकी चमकती बिंदिया की रौशनी से....

चाँद से भी ज्यादा मोहिनी उसकी चांदनी से...

दिल के आँगन को जगमगाता हूँ....

हर आहट पे चोंक जाता हूँ...

मैं शाम को दिया नहीं जलाता हूँ.....

रात काली उसकी आँखों का काजल बनाता हूँ...

हसीं पलों की याद के आँचल से लिपट जाता हूँ...

उसकी गहरी आँखों में खो जाता हूँ...सो जाता हूँ....

सुबह होती है...उठता हूँ...चोखट पे दिया जलाता हूँ.....

उसके आने का इंतज़ार है....

हर आहट पे चोंक जाता हूँ....

3) तुम नहीं रुकी....

तुम नहीं रुकी....

मैं बार बार पुकारता रहा..

घडी के कांटे को घूरता रहा...

टिक टिक उसकी दर्द देती रही...

न घडी रुकी न तुम रुकी...

हर बात मेरी जो पसंद थी तुमको...

वही ज़हर क्यूँ बन गयी....

ज़िन्दगी मेरी बसंत सी...

पल में पतझड़ हो गयी...

तुम नहीं रुकी....

मेरा वजूद तुम से है...

मेरी चाहत तुम से है...

मेरी हर बात तुम से है...

यह पता था तुमको फिर भी...

तुम नहीं रुकी...

4) यूं चुप्पके से...

पायल की छन छन मोहब्बत की लहरें...

यूं मिल के समीर संग गुनगुनाने लगे हैं...

हिना-ए-शबाब दिल को महकाएं मेरे...

यूं चुप्पके से वो मेरे दिल में आने लगे हैं....

है हाथों में कंगन की शोभा निराली..

चमकती हो बिजली यूं सावन वाली..

कानों के बुँदे जो हिलते अदा संग...

मेरे दिल में आग लगाने लगे हैं...

यूं चुप्पके से वो मेरे दिल में आने लगे हैं...

लंबी चमकती ये माथे पे बिंदिया

मोहब्बत दिए की लौ बनने लगी है...

ये नैनों के परदे खुले बंद हों जब..

दिल मेरे को और धड़काने लगे हैं...

यूं चुप्पके से वो मेरे दिल में आने लगे हैं...

महका बदन है खिलता गुलाब सा....

ऋतू बसंत की हर और छाई हो जैसे...

यौवन में नहाई चांदनी के जैसे वो...

दिले 'चन्दर' कलियाँ चटकाने लगे हैं...

यूं चुप्पके से वो मेरे दिल में आने लगे हैं...

मदहोश हूँ मैं ख्यालो में उसके...

यूं बिन पीये बिन पिलाये किसी के...

ज़िक्रे हर बात मेरी में आ कर वो..

चुप्पके मेरा दिल सहलाने लगे हैं...

यूं चुप्पके से वो मेरे दिल में आने लगे हैं...

आते ही उनके हैं फूल महक जाएँ..

पवन गुनगुनाये पंछी चहचहायें...

ज़मीं आसमान भी इशारों में जैसे...

मेरे दिल को उसी पे रिझाने लगे हैं....

यूं चुप्पके से वो मेरे दिल में आने लगे हैं...

☙

5) तुम चुपके से आती हो....

हर शब मेरे दिल के कोने से....

तुम चुपके से आती हो...

रोशन हो जाती हैं रातें जब...

गोल गोल आँखें टिमटिमाती हो...

लट माथे पे आँखों में शरारत....

मेरे मन को भरमाती हो....

तुम चुपके से आती हो...

शब मदहोश दिल बेचैन हो जाता है...

अधखुली पंखुड़ियों से जब तुम मुस्कुराती हो....

तम्मनाओं को पंख मिल जाते हैं...

मस्त त्रिभंग सी मटकती तुम जब आती हो....

तुम चुपके से आती हो...

कैसे कहूं मैं नहीं जानता तुमको ...
बेजान से शारीर में रूह बन समा जाती हो...
ख्वाब हकीकत हों ज़रूरी नहीं मगर....
जब भी आती हो हकीकत ही बन जाती हो...
तुम चुपके से आती हो...

बेजान सी काया में हरकत सी आ जाती है...
तुम कहाँ हो 'चन्दर' जब कानों में बोल जाती हो....
ऐसे ही रोज़ आना मेरे दिल को भरमाना क्योंकि...
रात के साथ मेरे दिन भी महका जाती हो...
तुम चुपके से आती हो...

6) जिगरा....

किसने जाना है मोहब्बत के सफर का अंजाम....
हर कदम शोलों पे चलने का भी जिगरा चाहे....

यह नज़रें इनायत यह मीना ए मोहब्बत....
उल्फत के दरिया में ज़हर पीने का जिगरा चाहे....

रुसवाई का ताज पेशानी पे रहे दाग...
ज़ख्म दिल के पिरोने का भी जिगरा चाहे....

अपनी मर्ज़ी से जिए हैं तो रोएंगे भी खुद से ही....
पत्थर को रुलाने को पत्थर सा ही जिगरा चाहे.....

यह तो "चन्दर" ही था जो जा लपका सूरज को...
सरे महफ़िल में जल जाने का भी जिगरा चाहे....

7) स्वभाव........

एक अदना सा पत्थर रास्ते में पड़ा हुआ....
ठोकरों से इधर लुढ़का कभी उधर लुढ़का...
जानवर हो या इंसान...
सब के पाँव तले दबला कुचला गया....
मल से कभी किसी की गाली से वो धुलता रहा...
निदा पत्थरों की बन गयी.... "निदा"* की निदा...
जब उसने अपनी कलम से लिखा...
"पत्थरों में भी जुबां होती है दिल होते हैं....
अपने घर के दर-ओ-दीवार सजा कर देखो**...
एक दिन एक मस्त निगाह ने उसको छू लिया...
कोमल मखमली स्पर्श ने इसको सहला दिया...
अपने साथ ले गया वो इसको उठा के....
दिन बदल गए उस पत्थर के नाज़ुक स्पर्श पा के....
रोज़ रोज़ के अहसास से उस में भाव जागे...
कभी इधर तो कभी उधर मटकने लगा....
बहुत रोका उसको पर वो न रुका...
"पत्थर तो आखिर पत्थर है...
कितना रोको तुमको कुछ फर्क नहीं पड़ता"...

यह कहके एक दिन उन्हीं हाथों ने उसको फेंक दिया....

वो रास्ते में पड़ा हुआ किस्मत को देखता है....

कल था यहाँ पड़ा आज भी वहीँ है....

लगती थी ठोकर जो पहले...वो आज भी सही है....

फर्क मगर यह की अब दर्द महसूस होता है....

पत्थर को तराशने में..अपने हाथ भी छिलेंगे ...

यह सब जानते हैं...फिर भी...

पत्थर तो आखिर पत्थर है...

उस शायर का कलाम गुम सा हो गया...

लो "चन्दर" फिर से...बेजान हो गया...!!

* शाईर जनाब निदा फ़ाज़ली साहिब

** जनाब निदा फ़ाज़ली साहिब की ग़ज़ल का एक शेर

℘

8) मर्म...

एक दिन लड्डू जलेबी की मुलाक़ात हो गयी....

लड्डू ने जलेबी को देखा बड़े गौर से...

शरारत में मुंह खोला...बोला

क्यूँ इतना इतराती हो अपने छरहरे बदन पे..

माना कई कलाएं हैं तुझमें...

पर हम भी कुछ कम नहीं हैं....

तुम क्यूँ इतना इतराती हो.......

जलेबी ने कमर मटकाई...

आँख भिचकाई...बोली ...

तुम तो चुप्प ही करो...

जिधर देखो उधर लुडक जाते हो...

बे पैंदे के लोटे हो...मुझसे मेल नहीं खाते हो....

लड्डू पीले से लाल हो गया....

स्वविजयी अंदाज़ मे बोला....

मैं तो प्राकिर्तिक हूँ....

देख...पृथ्वी, चाँद और सूरज

जिन पर हम आश्रित हैं...

सब गोल हैं...

तुम आप्राकीर्तिक हो....बेवजह भाव खाती हो...

जलेबी थोड़ी गम्भीर हो गयी...

शांत स्वभाव से बोली...

तुम क्या जानो प्राकिर्तिक आप्राकीर्तिक के मर्म को...

ज़ालिम हाथ मेरी रचना बिगाड़ देते हैं....

कलाकार समझ अपने को...

अपने मन मुताबिक संवार देते हैं...

अपने स्वाद की खातिर...

मुझको यूज़ करते हैं....

नहीं पसंद आये तो फेंक देते हैं...

दर्द संजोए बैठी इतना...फिर भी मिठास देती हूँ

तुम क्या जानो प्रकिर्तिक अप्राकीर्तिक के मर्म को...

✿

9) ज़िन्दगी

जीना कितना आसान हो गया.....
दिल बेईमान और मैं हैवान हो गया....

रोज़ की चीखो पुकार कतल् ओ गारत का दर्द...
अब सुहाना हो गया....मैं भी हैवान हो गया...

सफेदपोश का भाषण पीत वस्तर का जादू...
मैं मदमस्त हो गया...मैं भी हैवान हो गया...

लालच शिक्षक का डॉक्टर की बेवजह चीर फाड़ का...
मैं सब का कायल हो गया...मैं भी हैवान हो गया...

गरीब किसान का खून सांसदों का खाना...
कितना सस्ता हो गया...मैं भी हैवान हो गया...

साधु नेता का गुमान मैं सबसे महान....
'चन्दर' बाग़ बाग़ हो गया...मैं भी हैवान हो गया...

10) किधर जाता हूँ....

तुमसे मिलने हर शाम घर से निकल जाता हूँ।

लोग पूछते हैं मैं किधर जाता हूँ।

रेत पे नाम तुम्हारा लिख उसपे लेट जाता हूँ।

तुम्हारे दिल में उत्तर जाता हूँ। .

लोग पूछते हैं मैं किधर जाता हूँ। .

होश आते ही मोतियों को समेट लेता हूँ। .

तुमको अपने साथ घर ले आता हूँ। .

घर में आ जाए रकीब कोई तो बोल देता हूँ। .

बंदगी उसकी में मैं बैठा करता हूँ। .

रात भर मोतियों की चमक में नहाता हूँ।

प्यार की पींघें बढ़ाता हूँ। .

अपने से तुमको जुदा नहीं कर पाता हूँ। .

दिन में हर पल तुझे ही साथ रखता हूँ। .

लोग पूछते हैं मैं किधर जाता हूँ

रुस्वा न हो जाओ इस लिए शाम को निकल जाता हूँ। .

कुछ देर तुमको तुमसे मिलाने ले जाता हूँ। ।

लोग पूछते हैं मैं किधर जाता हूँ.

11) दर्द....

मैं सरिता कल कल करती,

मेरी पीड न जाने कोई...

जो भी आता मैल ही धोता

बिन पूछे मुझे हर कोई !

समय के साथ बहती मैं हर पल

जाने है हर कोई....

फिर भी अपने मतलब को मुझे

बींध रहा हर कोई !

क्या रंग है मेरा अपना

रंग अपना भर जाता हर कोई.....

दर्द अपना मैं किस से कहूँ

बेदर्द है हर कोई !

काश फिर से आये भागीरथ

फिर आये शिव कोई.....

मुझको अपने संग में ले ले

पीड रहे न कोई !

12) तुम लौट आओ...

यह क्या हो रहा है क्यूँ हो रहा है...

आंसू छलक रहे हैं कुछ समझ नहीं आता...

तुम लौट आओ....

दर्द रह रह के उठ रहा है जिगर चीर सा पड़ा है...

मन के आँगन में ख़ुशी दफ़न हो गयी है...

तुम लौट आओ...

चराग जल रहे पर रौशनी गुम हो रही है...

तेल भी पानी हो रहा दीये की बाती बुझ रही है...

तुम लौट आओ...

खून जम रहा है धड़कन रुक रही है...

सांसें थमने को है आँखों में लाचारी है...

तुम लौट आओ...

हर खता कबूल कर लेंगे हर सजा कबूल कर लेंगे...

तुम स्वाति बूँद हो ''चन्दर'' के प्राण बन जाओ...

तुम लौट आओ...

॰८

13) मैं तुझसे दूर हो गया

मैं तुझसे दूर हो गया...

वो तेरा हर बात पे मुस्कुराना...

गालों में गढ़े पड़ जाना...

वक़्त का वहीं अटक जाना...

सब सपना सा हो गया...

मैं तुझसे दूर हो गया...

तुम्हारा मेरे लिए तड़पना...

समय से बेखबर बातें करना...

कुछ बोलूं तो मुझ पे बिफरना...

सब काफूर हो गया....

मैं तुझसे दूर हो गया...

बालों में उंगली घुमाना...

होठों को सिकोड़ना...

उसपे शरमा जाना...

सब नासूर सा हो गया....

मैं तुझसे दूर हो गया...

बातों बातों में रूठना...

मनाने पे झूठे नखरे दिखाना...

फिर मुझसे लिपट जाना...

सब पराया सा हो गया....

मैं तुझसे दूर हो गया...

मेरे दिल में तेरा ही दिल धड़कना...

तेरी साँसों में मेरा ही बसना...

नींद में उठ उठ के चलना...

सब धोखा सा हो गया...

मैं तुझसे दूर हो गया...

अँधेरे में चुप्पके से आना...

सरगोशिओं से धड़कने बढ़ा देना...

और उसपर खिलखिलाना...

सब ग़मगीन सा हो गया...

मैं तुझसे दूर हो गया...

ना कोई चाहत थी ना शिकवा...

मोहब्बत थी तुझसे कसूर बस इतना...

फिर भी यह क्या हो गया...कि

'चन्दर' तुझसे दूर हो गया....

☙

14) चाहत......

प्यार के गीत सुनाओ के रात बाकी है अभी....

दिल पे तीर और चलाओ के रात बाकी है अभी...

कहो रकीब से जा के उसे क्या है जल्दी पड़ी...

मय्यत मेरी न सजाओ के सांस बाकी है अभी....

तेरे ही हुस्न के सदके है जिस्म में नूर मेरे....

चश्में साकी से पिलाओ के ताब बाकी है अभी...

न कहें तुमसे तो फिर हाल-ऐ-दिल कहें किस से...

न सही प्यार दर्द का रिश्ता तो बाकी है अभी....

महफ़िल से यूं उठा के कहाँ लिए जाते हो तुम मुझको...

जाम नज़रों के और पीने दो के होश बाकी है अभी...

तब्बसुम शबनमी होठों का मिले तो कुछ सुकून मिले "चन्दर"...

रूह आज़ाद हो ता उम्र की चाहत से दिल में दबी जो बाकी है अभी....

15) मेरी तन्हाई.......

मेरी तन्हाई आज यूं मुझसे मिल कर रोई....

सखी बचपन की बिछड़ी मिली हो जैसे कोई...

पल भर में ही हो गयी फिर से वो मेरी....

गिला शिकवा लब पे रहा न उसके कोई...

मंज़र मेरी तबाही का बह गया सारा...

आंसुओं में उसके सुकूँ मिला जैसे कोई....

आठों पहर हर पल का साथ था अपना...

यह तो मैं था जो मुझको मिल गया कोई...

बेवफा वो न थी, संगदिल मै ही निकला...

सजा मेरी खता की मिली उसे जैसे कोई...

हर पल साथ निभाने का वादा किया था मैंने...

यूं भूला मैं जैसे अदावत थी उससे कोई....

तुम बिन नहीं जीना अब सोच लिया मैंने...
सांस चले या रुके और न होगा अब कोई...

तू मेरी है मैं तेरा अब न बिछड़ेंगे कभी....
भूल जाऊं तुझे ऐसी खता न होगी अब कोई...

तुमको छोडूंगा नहीं तुम भी न छोड़ोगी मुझे....
वादा है तुझपे सितम न करूंगा अब कोई...

साथ जन्मों का रहेगा यह भी वादा अपना...
नहीं तोड़ेगा प्यार का यह बंधन अब कोई...

तू ही तो अब दर्द, नज़्म ओ ग़ज़ल कल्म मेरे की....
बिन तेरे हर्फों की न इसकी ही है कीमत कोई....

तू मेरा इश्क़ मेरा वजूद है मेरी तन्हाई....
सिवा तेरे न होगी किसी और से मुर्रवत अब कोई...

16) अमावस का चाँद.....

पुछा एक बच्चे ने मुझसे

ये अमावस का चाँद क्या होता है....

जैसे जीवन में सुख दुःख आता जाता है....

चाँद भी सुख में बढ़ता और दुःख में घटता जाता है...

एक दिन दुःख जब ज्यादा होता है और वो छुप्प सा जाता है...

तब अमावस का चाँद होता है...यूं उसको जवाब दिया.....

बच्चा तो चुप्प हो गया मुस्कुरा के चल दिया....

हलचल मेरे दिल में मचा गया.....

कि अमावस का चाँद क्या होता है.....

मन का पंछी उड़ने लगा...

ख्यालों के बादलों में यूं गुम होने लगा...

एक बादल मस्त मुझ से टकराया....

उससे पुछा मैंने अमावस का चाँद क्या होता है....

मस्ती अपनी में उसको अमावस तो सुना ही नहीं....

चाँद में अटक के रह गया...

महबूब का चेहरा कहके वो गया और वो गया....

फिर जब एक बुझते तारे से पुछा यही सवाल...
उसने मुश्किल से ही मुंह खोला...फिर दिया जवाब.....
महबूब के रूठ जाने से दिल जब बुझ जाता है...
वो चाँद अमावस का होता है.....
अपनी अपनी सोच है...अपना अपना नजरिया है....
किसी को चाँद महबूब दिखे है....किसी का बुझता दिल सा है...
ये तो निज स्वार्थ है जो चाँद अलग अलग सा दीखता है....

मन मेरा भी उद्वेलित था के आखिर चाँद अमावस का क्या होता है....
मैं यूं ही जवाब से नदारद अपने पे गुस्सा हो रहा था....
कानों में मेरे मद्धम सी एक आवाज़ टकरा रही थी....
एक बच्चा माँ की गोद में लेटा हुआ था...
यूं माँ उसको लोरी सुना रही थी...
सो जा लाल आज तू ऐसे ही....
कल चन्दा मामा आएंगे.... कचोरी पकोड़े लाएंगे....
साथ में ढेर से खिलोने होंगे....जो सब तेरे लिए होंगे....
हम सब मिल के खाएंगे....खूब धूम मचाएंगे...
अब तू सो जा लाल मेरे...कल चन्दा मामा आएंगे...
कचोरी पकोड़े लाएंगे....

साथ में झर् झर् आँखें उसकी बहे जा रही थी....

मुझको जवाब बता रही थी.....

जब माँ का बच्चा भूखा सोता है.....

माँ के दिल पे क्या होता है....

ये चाँद ही समझता है....

इसी लिए वह एक दिन...

जब छुप छुप के बहुत ही रोता है....

वो अमावस का चाँद होता है....

(करबद्ध प्रार्थना: किसी को एक वक़्त का भोजन करा सको तो बहुत अच्छा है....नहीं तो इतना कीजिये की अनाज/खाने को ज़ाया न कीजिये)

17) शायद....

दिल की दरीचों से आह निकलती है...

एक खिड़की पुरानी बंद सी पड़ी खुलती है....

रंग रोगन की पपड़ियों में दरारें सी पड़ चुकी हैं...

जैसे बारिश में भीगी सहमी सी खुलती है....

एक खिड़की पुरानी बंद सी पड़ी खुलती है....

पाट हैं के जरजर से झरते जाते हैं...

एक कुंडा है बस जो अभी भी लटका है ...

शायद.... इंतज़ार में अटका है...

कभी आये कोई संवारने वाला...

शायद.....

ज़िन्दगी मेरी संभालने वाला.....

शायद........

18) वो पल....

सब झूठ बोलते हैं कि...
इस समंदर के गर्भ में....
बेशकीमती नायाब मोती छुपे हैं....

मैं भी गहरे उतरा....
लौटा खाली हाथ ....
नहीं मिले वो पल....
जो गुज़ारे तेरे संग...
थे बह गए पानी में...
वक़्त के साथ....

19) पगडण्डी...

कच्ची सी पगडण्डी है.....

जहाँ से मर्ज़ी रास्ता निकाल..

निकल जाओ...

बिना सोचे बिना समझे.....

अबोध बचपन जैसे....

पक्की सड़क सी बन गयी है....

रफ़्तार भी तेज़ है...जवानी के लहू जैसी....

आगे निकलने की जल्दी में...

सब निकल गए....

कुछ रिश्तों को पीछे छोड़...

कुछ ज़िन्दगी को छोड़.....

सड़क अब पुरानी सी हो गयी है...
बोझ से कहीं खड्डे पड़े हैं....
तो कहीं टूटी है तरेड़ों में...
बार बार मरम्मत पे भी सुधर नहीं पायी...
लगता है पूरी की पूरी दुबारा ही बनेगी....

ऐसी ही तो है ज़िन्दगी?

20) यह ज़रूरी तो नहीं....

खामोशी ही प्यार की बस हो जुबां यह ज़रूरी तो नहीं....
हर प्यार का अंजाम हो बेवफाई यह ज़रूरी तो नहीं....

दिल में इश्क़ के जज़्बात की लहर हो उठती पल पल....
उस लहर में प्यार की भी हो गहराई यह ज़रूरी तो नहीं....

तुम्हारे प्यार के काबिल हर कोई हो यह ज़रूरी है मगर...
हर किसी से तुम भी हो हरजाई यह ज़रूरी तो नहीं.....

देखा करता हूँ मैं तुमको अपने दिल में हर पल हर छिन...
तेरे दिल में कभी मेरी भी हो परछाई यह ज़रूरी तो नहीं...

"चन्दर"तो पागल है जो जला इश्क़ में बिन सोचे समझे देखे....
इश्क़ ने ऐसी आग तुमको भी हो लगाई यह ज़रूरी तो नहीं....

21) तस्वीर....

तस्वीर बनायी है इक मैंने...
कुछ आढी तिरछी रेखाओं से...

उलझी सी ज़ुल्फें उसकी...
सुलझाने की कोशिश में...
हाथ बढ़ाया मैंने...
की रंग से भरने लगे...
तकदीर में उसकी...

उलझी लटें लहराने लगी...
माथे की रेखाएं चमकने लगी....
होंठ थे की रह रह के मुस्कुरा देते...
मधुर संगीत जैसे बज रहा हो मन में कहीं...
आँखें थी हिरनी जैसी, चंचल सी...
पल भर में वश कर ले सभी...

देखते ही देखते मुस्कुरा के यूं चली...

और फिर दूररररररररररररर.....

बहुत दूर कहीं निकल गयी.....

उलझन में हूँ मैं तस्वीर में रंग...

स्याह भरूं या कि

रंग-ऐ-खूँ....

22) इंतज़ार...

सुना था वो बोलती नहीं....

पर मैंने...

बिना कुछ कहे बोलते देखा है उसे...

प्यारी सी मुस्कान के पीछे...

दर्द की सिहरन महसूस की है मैंने...

बिना किसी श्रृंगार के भी...

मनमोहक है वो...

उसको आँखों में मुझे...

अंतर्मन की चीत्कार सुनायी देती है...

फ़रियाद सी करती हो जैसे....

उस सागर से मिलने की...

जिसका दर्द उस से बड़ा हो...

या प्यार इतना गहरा की...

अपने में समाहित कर सके...

नहीं पता ये इंतज़ार...

कब से कब तक है...

23) अभिनय....

बचपन में परियों की कहानी सुनते थे...

जब भी बच्चे को सुलाते थे...

बोलते थे की सो जा....

सपने में परी देश से परी आएगी...

सुन्दर सुन्दर खिलोने लाएगी...

सुन्दर से पंखों पे हो सवार....

तुमको भी उडा ले जायेगी....

परी देश से परी आएगी....

पर वो सपने में सपने की तरह परी का आना...

सच में सुन्दर सा सपना ही था...

परी तो आज भी आती है....

पर किसी को अपनाना नहीं आता...

कुछ तो जन्म से पहले ही मार दी जाती हैं...

किसी के पंखों को काटके लहूलुहान किया जाता है...

सब के सामने....

पता नहीं परी की सुंदरता दोषी है या सपना दोषी...

या हमारा विकृत होता मन...

या कि वो दौर और ही था...जब परियों का आना सुखद रहा होगा...

सब के सब चिंतन...मंथन में व्यस्त हो जाते हैं...

कुछ देर को सब मौन हो जाते हैं....

शान्ति के लिए...

फिर एक परी लहूलुहान होती है...

फिर सब नाटक होता है...

फिर हम सब नाटक में पत्र बन...

अपना अपना अभिनय करते हैं....

और फिर अभिनय पर पुरूस्कार मिलते हैं...

परी....खो जाती है...

अभिनय नहीं है न वो...

जो याद रखी जाए....

और स्वागत किया जाए...

है ना....

ॐ

24) सिर्फ तीन दृश्य?......

सो जा लाडो मेरी...

इक राजकुमार आएगा...

बिठा घोड़े पे दूर देस ले जाएगा....

सो जा लाडो मेरी...

कितना मधुर सा लगता है...सुनना....

"साडा चिड़ियाँ दा चम्बा वे बाबुल असां उड़ जाना...

साडी लंमी उडारी ए के मुड़ असां नईयों आणां...

"बाबुल तेरा घर इस चिड़िया का रैन बसेरा है...

ये चिड़िया इसको छोड़ अब उड़ जा रही है...

और इतनी दूर जा रही है कि वापिस नहीं आएगी"

नाज़ों से पाली को अपने हाथ से विदा किया...

एक राजकुमार के संग....

दर्द है जुदाई में पर एक मिठास है रिश्ते नए की...

बेटी का घर बसने की....

कितनी प्यारी सी चाहत है....

बेटी की....माँ की...बाबुल की...

"बहुत रोई होगी तड़पी होगी मरने से पहले...
कैसे दरिंदे हैं जिन्होंने जला डाला बुरी तरह से"....
एक विवाहिता के मृत शरीर को देख कर सब बोल रहे थे...
चिड़िया को किसी ने बहुत दूर.....ऐसी जगह भेज दिया...
जहां से वापिस न आ सके...
बाबुल की चिड़िया....

कैसे दरिंदे थे जिन्होंने जला डाला....
दूसरों को गाली दे के हम धुल गए...
पर आये कहाँ से वो...
राजकुमार...दरिंदे....
कहाँ से?....

("साडा चिड़ियाँ दा चम्बा" पंजाब का एक लोक गीत)

25) सफर.....

वो आँखें कुछ बोलती हैं....

खिलखिलाती हैं जब...

तो शबनमी बूँदें चमकती हैं...

तस्वीर सी दिखाती हैं....

मन के दर्पण पे बनती...

गम की परछाईयां सी.....

झिलमिलाती हैं...

उन शबनमी कतरों में...

जो लब पे न तो आती हैं...

न आँखों से लब तक का...

सफर तय करती हैं...

पर वो आँखें....

बोलती हैं....

☙

26) ये रंग....

ये रंग है तेरे मेरे प्यार के...

मेरे संसार के...

हर मौसम बहार के...

ये रंग...

खिलतें हैं जब तेरी हंसी की तरह...

मन कस्तूरी महकता है मेरा...

रोम रोम से निकलती फुहार से...

भीग जाता है तन मन मेरा...

खुलते हैं पट मेरी पलकों के जब...

सतरंगी से उभर...

तेरे अक्स जगमगाते हैं...

यादों के क्षितिज पे...

बेशक नहीं हो तुम साथ....

जल, वायु, पृथ्वी, अग्नि ये आकाश...

देते हैं हर पल मुझे.....

तेरे होने का आभास....

नहीं होते धुंधले कभी ये...

न ही मटमैले होते हैं...

ये रंग हैं प्यार के...

मेरी चाह के...

मेरे इंतज़ार के...

ये रंग.....

☙

27) जिस्म मिटटी है....

जिस्म मिटटी है सुना बहुत मैंने...

पहले यकीं न था पर अब...

यकीं होने लगा है....

जिस्म मिटटी है...

हर कोई आता है नश्तर ले के...

खोदता है अच्छी तरह से...

गढ्ढा बनाता है और...

अपने मतलब का पौधा लगा जाता है...

माली की तरह अनुशासित हो...

हवा...पानी भी ज़रुरत मुताबिक़...

समय समय पे आ देता है...

पौधे कुछ तो बहुत ही कंटीले हैं...

हलकी सी हवा चलने पे भी...

बहुत चुभते हैं...

कभी कभी खूँ निकाल देते हैं...

और ज़मीं लाल कर देते हैं....

और फिर उस लाली से...

मिटटी उपजाऊ होती जाती है...

नए पौधे निकलते आते हैं...

जिस्म मिटटी ही तो है....

28) जिस्म मिटटी है-1...

नए पौधों की संभाल...देख रेख...

बहुत ही ज़रूरी है...

एक कुशल सा माली आता है...

और अपनी जरूरत मुताबिक़...

हवा पानी देता है....

आस पास सुरक्षा घेरा भी बना देता है....

कोई और पौधे को हवा...पानी...खाद न दे दे...

पौधे भी समय पे खुराक मिलने से लहलहाने लगते है....

जिस ज़मीं पे पैदा हुए...फिर उसी को खाने लगते हैं...

लहूलुहान करने लगते हैं...अपने काँटों से....

जिस्म मिटटी में मिलाने लगते हैं....

क्यूंकि...

जिस्म मिटटी ही तो है....

क्या करून मैं इन मालियों का आकाओं का....

पडोसी दुश्मन है मेरा...

कह कर पल्ला नहीं झाड़ सकता....

जब पौधे हमारे हैं तो हम माली क्यूँ नहीं उनके...

कांटे हम बो रहे खुद तो पौधे कांटे वाले ही होंगे...

और हमारे बोये कांटे...हमें ही लहूलुहान करेंगे...

जब अपने आँगन के पौधे कटेंगे....

लहूलुहान होंगे....

मिटटी में मिल जाएंगे...

क्या तब हम सच में माली बन रक्षा करेंगे....

याँ यूं ही देखते रहेंगे...

जिस्म मिटटी में मिलते...

और कहेंगे मिटटी था जिस्म...

मिटटी में मिल गया...

कुदरत का नियम है ये...

कायर...डरपोक...स्वार्थवश....

हम कंधे बदल देते हैं....

जानते हुए की कुदरत...

किसी के साथ भेद भाव नहीं करती...

फिर हम क्यूँ ?

अपने मतलब के पौधे को पानी, खाद देते हैं...

और दुसरे को प्यासा मरने देते हैं...

और कड़कती धूप की मार भी देते हैं...

एक दिन यही पौधे अपनी धरती की नमी न मिलने से...

सूख जाते हैं...मर जाते हैं...

फिर कोई आता है...चिंगारी दिखाता है...

और आग बन भभकते हैं...यह सूखे पौधे...

और रह जाती है राख मिटटी पे...

मिटटी में मिलने को....

☙

29) प्रतिमा-बुत्त.....

मैं हर शाम उसको देखने को बेचैन सा हो जाता था....

ना जाने उसकी सूरत में क्या कशिश थी....

देह रंग संगमरमरी था उसका....

पर उस से ज्यादा लिबास के रंगों का चयन....

उनको सलीके से पहनने की कला....

फिर चेहरे पे नूर के साथ प्यारी सी मुस्कान....

बिलकुल ऐसे जैसे एक देवी प्रतिमा हो....

सजीव...पवित्र प्रतिमा....

जिस को देखने को रूह करे...

और सर सजदे में झुक जाए...

पर हमें निर्जीव बुत्तों की पूजा करने की आदत है....

और फिर...

ना जाने उस प्रतिमा को किसी ने खंडित कर दिया...

उसकी सुंदरता ही उसकी जैसे दुश्मन बन गयी....

सजीव...पवित्र प्रतिमा....

संगमरमरी बुत्त बन गयी...

सिर्फ बुत्त.....

30) वक़्त....

बरसों से बंद पड़ी...

किताब की धूल को झाड़ा ही था.....

बहुत से पन्ने बिखर गए...

कुछ कटे फटे से पन्ने.....

लहरा गए......

यूं ही.....

कुछ तो आपस में चिपके हुए हैं...

शायद अलग नहीं होना चाहते थे...

सीलन सी है...

अंदर ही अंदर हर्फ़ सिसके हों जैसे...

घूप नहीं लगी कभी शायद...

या...

बिछड़ने का डर.....

कुछ ऐसे झर गए...

पपड़ी हाथ लगते झरे जैसे...

फिर एक तेज़ हवा का झोंका....

आता है गुज़र जाता है....

ले उड़ता है सब....

सब कुछ.....

सिर्फ रह जाती है....

हाथ में जिल्द....

वक़्त लगेगा इसे...

झरने में.....

☙

31) जोगी पीर बढ़ती जाए...

लोचन जलकण...

भरी बदरी से...

अधरों के स्वर...

भीगी वीणा से...

ठिठुर ठिठुर....

बहते सुनते...

मन फूल खिला

आँगन महका...

जग जेठ महीना...

बरसे,महके,बदले...

मन अधीर निरीह...

निकले भंवर से कैसे

'चन्दर' चातक मन...

धू धू जलता जाए...

खामोश सागर...

तनहा लहरें...

कैसे प्यास बुझाये....

पीर बढ़ती जाए....

जोगी पीर बढ़ती जाए...

☙

32) अमिट-रिश्ते....

खाली सा मकाँ है...

ईंट पत्थरों का....

कभी बोलते थे खिड़की दरवाज़े....

घंटियाँ बजती थी बच्चों की आवाज़ में...

कभी-कभी कोई कर्कश आवाज़...

झकझोर जाती थी दीवारों को....

मीठे नमकीन पल थे ये सभी....

तीखी मिर्ची सा स्वाद भी था जिनमें कभी...

ज़िन्दगी चल रही थी यूं ही....

पर आज.....सब वीरान सा....

हर तरफ खामोशी सी पसरी है...

दिल की धड़कन भी सहमी सी चलती है...

टूट न जाए खामोशी कहीं...

रिश्ता कहाँ टूटता है....

जिनमें ज़िन्दगी के दस साल गुज़ारे थे हमने...

मन बार बार आज देखता है....

उन्हीं ईंट पत्थरों को....

आँखों से छू के हर कोने को...

हर दीवार को...

यहाँ कभी तस्वीर हुआ करती थी...

बच्चों की...

तो वहां मेरी...

रिश्ते भी...

आँगन के पौधों की तरह हैं....

देखभाल ज़रूरी है....

प्यार से सींचने के लिए...

विश्वास ज़रूरी है...

धूप से बचाने के लिए...

छाँव...एक सुखद अहसास....

सब पन्ने ज़िन्दगी के अब...

सिमट गए दिल के कोने में...

अमिट हो कर...

ईंट पत्थरों का रिश्ता....

बच्चों...पौधों का रिश्ता...

और रिश्ता अपना टूटने का...

पत्थर पे एक लकीर की तरह....

अमिट.....

33) तलाश......

बहुत काटा-पीटी सी ज़िन्दगी है मेरी...

रोज़ ही नए सवाल देती है....

कुछ के तो खुद ही जवाब देती है...

पर वो भी समझ कहाँ पाता हूँ......

उलझ सा जाता हूँ...जाने क्या चाहता हूँ...

बहुत काटा पीटी है ज़िन्दगी मेरी....

पड़ोस में जवां मौत हो गयी है...

घर उनका उजड़ सा गया है...

पर...बच्चे मेरे की शादी है...

ढोल बज रहा है...मैं नाच गा रहा हूँ....

अपने को बना रहा हूँ... यां शायद

दर्द भरी चीखों से डर रहा हूँ...

कुछ समझ नहीं पाता हूँ

ताज़ा सुन्दर से फूल लिए..मंदिर जा रहा हूँ.......

सामने एक मासूम..फूल सा कोमल बच्चा....

चुप्पचाप सा...आँखों में अनगिनत सवाल लिए...

पर मैं बिना कुछ बोले....निकल जाता हूँ...

भगवान् को "दे" कर भी मैं खुश नहीं रह पाता हूँ...

कुछ समझ नहीं पाता हूँ

अभी अभी सब्जी मंडी में....

एक "बूढी औरत" से..प्याज का भाव पूछता हूँ...

शायद कहीं कम भाव में मिलें..आगे बढ़ जाता हूँ...

वापिस आ के पाता हूँ कि वो "बूढी "औरत"...

अपनी ज़िन्दगी का हिसाब कर निकल चुकी है...

और मैं अपना हिसाब करने बैठ जाता हूँ...

कुछ समझ नहीं पाता हूँ

कभी लगता है दो कदम पे मंज़िल मिल ही जाएगी...

मीलों भागता हूँ फिर नाउम्मीद वापिस लौट आता हूँ...

छाँव में भी तपती रेत का अहसास होता है...

मन में अजीब सी प्यास का ऊफान उठता है...

शायद स्वाति बूँद की तलाश है मुझको..

पर....कुछ समझ नहीं पाता हूँ....

बहुत ही काटा पीटी सी ज़िन्दगी है मेरी...

34) एक नए सृजन के लिए......

सावन में भी.....

एक पेड़ ठूंठ सा निर्जन खड़ा है....

किसी को उसकी काया से भय लगता है...

कोई अपशगुन समझ...

उसके सर से तेल उतारता है....

तो कोई धुप बत्ती कर रहा है....

किसी को उसपे दया आती है....

तो जल अर्पण कर देता है....

पर ना जाने क्यूँ मुझे ऐसे लगता है....

कि वो सब आडम्बर त्याग कर...

अंतर्मुखी हो गया है....

ऊर्जा संजो रहा है.....

अपने को त्यार कर रहा है...

एक नए सृजन के लिए......

35) नाचो रे....

ढम ढम बाजे ढोल रे...

नाचो नाचो रे....

सब गोल गोल....

ओ नाचो नाचो रे...

आयी बरात हाथी की देखो...

नाचे शेरनी चाची देखो...

दो पैरों पे कमर मटकाती...

पूँछ और सर को घुमाये रे....

ओ नाचो नाचो रे.....

सब गोल गोल....

बंदरिया बन ठन के आयी...

जैकेट के संग जीन पहन-आयी...

बन्दर की पूँछ पे घुंघरू बाँध के...

कूद कूद वो नाचे रे....

गोल गोल....

ओ नाचो नाचो रे.....

सब गोल गोल....

गधे का देखो बैंड निराला...

फटी पतलून ढोल से छिपाता...

पंचम सुर में बाजा है बजता...

ढेंचू ढेंचू रे...

सब गोल गोल....

ओ नाचो नाचो रे.....

सब गोल गोल....

भालू काला भागे आगे....

आगे आ आ फोटू खिचाये...

गोरे होने की क्रीम लगा...

मुंह चमका के आया रे...

नाचो नाचो रे....

सब गोल गोल....

जंगल में मची है धूम...

नाचें ख़ुशी में झूम झूम...

'चन्दर' नाचा बंदर भी नाचा...

तुम भी नाचो हम भी नाचें...

गोल गोल रे...

सब गोल रे...

ओ नाचो नाचो रे...

नाचो नाचो रे...

☙

36) हार.......

मैं यूं ही हंस रहा था...

फिर सच में हंसी आ गयी.....

हंसा मैं बहुत ज़ोर ज़ोर से....

जैसे मुद्दतों बाद कुछ पाया हो....

हंसी तो थम गयी पर...

आंसू यूं बह उठे कि....

जैसे कभी बहे ना हों....

कमाल है...

दिमाग भी...

दिल से कितनी जल्दी...

हार मान गया.....

37) हार-1....

कभी कभी हारने का मज़ा ही अपना होता है.....

दिल हारना...ज़िन्दगी हारनी...फिर जहां हारना....

ऐसे लगता जैसे हम जीत रहे हैं हार नहीं रहे....

कितना आसान सा...अपने आप सब होता है...

है ना....

अपने को हार रहे होते हैं हर पल....जब...

नींद कोसों दूर हो जाती है....

अपने आप हँसते हैं अपने आप ही रोते हैं...

अकेले ही बातें करते हैं...

बिना किसी सोच के समझ के.....

कितना यंत्रवत होता है....

सब अपने आप....

लोग पागल समझने लगते हैं....

पता नहीं यह सिलसिला हारने का...

कब से चल रहा है....

नहीं पता मुझे...

हाँ इतना पता है कि इस हार में...

अगर सिर्फ और सिर्फ हार ही होती...

तो सिलसिला कब का ख़तम हुआ होता...

इस हार में जीत की अजीब सी ख़ुशी है....

है ना......

౭౩

38) हार-2.....

हारना भी एक कला है...

हारना कोई नहीं चाहता आज कल...

सब अपनी जीत के लिए भाग रहे...

एक दूसरे से आगे होने को होड़....

ज़रा सा पीछे रहना भी नहीं मंज़ूर....

कितनी लालसा है जीत की....

जीतने की होड़ में कितने रिश्ते टूट के बिखरे...

नहीं परवाह...बस जीतना है....

बच्चे छोटे से बड़े ज्यों ज्यों होते गए....

फासले भी बड़े होते गए.....

घर में हर किसी के लिए नौकर चाकर...

और सब साज सामान रख लिया...

हर वो वस्तु जो ख़ुशी दे सकती है घर...

पर मन में.....

जीत की चाह में भागदौड़ से...

कभी थक के जब बैठता है मन...

तो डरता है अकेलेपन से....

सब रिश्ते तो हैं पर खो गए....

उस अकेलेपन से घबरा के.....

वो फिर भागने लगता है जीत के लिए...

इस लिए नहीं कि अब उसको जीतना है...

इस लिए की लोगों को दिखाना है कि....

वो ज़िन्दगी में हारा नहीं ना हारना चाहता....

भीतर कहीं जानता है कि वो...

रिश्तों की हार को छुप्पाना चाहता है....

इस लिए जीतने को भाग रहा...

कितनी अजीब सी यह जीत की हार है...

है ना....

39) हार-3....

किसी की जीत और किसी की हार का अपना ही आनंद है....

जीतने वाला इस लिए खुश होता की उसने दूसरे को हरा दिया....

पर कोई कोई हार के भी खुश होता है...

और कोई बिना भागे ही जीत जाता है....

कितना अजीब सा है...

कुछ रोज़ हुए एक 'इंसान' बच्चों की रेस देख रहा था खुश हो रहा था...

मैं भी देखने लगा...मजा आ रहा था...

पर वो कुछ ज्यादा आनंदित हो रहा था....

मैंने उस से पुछा 'आप का बच्चा भाग रहा क्या'

बोला "नहीं"...

'तो फिर...आप रेस लगाते होंगे...

जो पूरा आनंद ले रहे'....

"मैं कभी भागता था...फिर छोड़ दिया"....

'क्यूँ छोड़ा'.....

"पापा ने कहा था की देखो बेटा तुम भागो ज़रूर....

पर जिस भाग-दौड़ से संतुष्टि ना हो...ग्लानि हो कैसी भी...

मत भागना"....

'फिर'...

"बस मैंने भागना छोड़ दिया".....

मैं मंत्रमुगध हो उसकी बातें सुन रहा था...

एक दम मुंह से निकला...

'आप अपनी ज़िन्दगी से संतुष्ट हैं'.....

"हाँ बिलकुल"....

और उसने जब मेरी तरफ देखा...

उसकी आँखों में अजीब सी चमक थी...

वो चमक जो मैं अपनी आँखों में देखने को...

हर किसी की आँखों में देखने को लालायित था...

प्रश्न भरी मेरी आँखों को देख वो फिर बोला..

"सुख और संतुष्टि मापे जाते तो सब की सीमा तय होती...

और सब सुखी संतुष्ट होते...ये अपने अंदर है सब...

जब अंदर की भाग दौड़ ख़तम होती तो संतुष्टि मिलती".....

अभी सुन रहा था की उसने कहा...

"फिर मिलते हैं"....

मेरी तन्द्रा भंग हो गयी...

"फिर मिलते हैं" ऐसे गूँज रहा था अंदर...

जैसे ख़ुशी....चमक...जीत उसकी आँखों की...

कह रही हो..."फिर मिलते हैं"...

क्यूँ फिर....

अभी ही क्यूँ नहीं...

क्यूँ नहीं अभी मिल जाती मुझे...

जिसकी तलाश में हर कोई भाग रहा...

आगे निकलने की होड़ में...

ताकि दूसरा उसको ना हथिया ले कहीं पहले....

पर वो 'इंसान' बिना भागे जीत गया रेस...

कैसे...

रह रह के वो शब्द गूँज रहे हैं...

"फिर मिलते हैं"....

Ↄↂ

40) हार-4......

"फिर मिलते हैं"....

झकझोर दिया मेरे अंतर्मन को...

इस आवाज़ ने.....

उसकी आँखों की चमक...

एक पल तो दिल को सुकून देती है...

और दूसरे ही पल लगने लगता है...

कि क्यूँ मुझमें वो नहीं है...

क्या है ऐसा जिस से मैं आजतक अनभिज्ञ हूँ....

इतना ज्ञान जिस पर मुझे घमंड है वो चुप्प था...

सब पैसा..आराम सुख सुविधा के साधन...सब आज मौन थे...

किसी के पास कोई जवाब नहीं था...

किसी से क्या पूछता मैं...क्या सवाल करता....

जब अपने मन में ही मुझे खुद को नहीं पता था...

आखिर क्या था उसके पास....

इतने में कानों में एक बहुत ही पुराने गीत की आवाज़ सुनायी पड़ती है...

"घूंघट के पट खोल रे तोहे पिया मिलेंगे".....

बचपन में जब कभी रेडियो पे बजता था...

पापा साथ साथ गुनगुनाते थे....

बहुत कम गीत थे वो गुनगुनाते थे...उनमें से एक यह था...

और मैं हंस पड़ता था...यह कहता था कि दुल्हन के लिए गाना है...

फिर पापा ने एक दिन बताया की "घूंघट" का मतलब यहाँ...

अपने मन...आँखों...अक्ल...पर पड़े पर्दों की बात हो रही है...

जब वो परदे हट जाते हैं तो हम अपने आप से मिलते हैं....

पिया से मिलते हैं....

आज अचानक फिर से ये गीत सुना तो सब स्मृति पटल पर उभर आया...

कहीं वो 'इंसान' भी तो इसी की बात तो नहीं कर रहा था कि...

"जब अंदर की भाग दौड़ ख़तम होती तो संतुष्टि मिलती".....

ऐसा लगा जैसे कोई रौशनी की किरण मिली हो...

जो मन बुझा सा....हारा हारा सा था अपने से....

लगा जैसे उसमें कोई चेतना सी प्रवाहित होने लगी है....

मैं भी हारना नहीं चाहता था....

उठा...लड़ने के लिए...

अपने आप से...

सिर्फ अपने आप से...

℃

41) हार-5......

"बड़ा कमज़ोर है आदमी अभी लाखों हैं इस में कमीं"...

बहुत सही लिखा गया है...सच में बहुत ही कमज़ोर हैं हम...

दूसरों से लड़ना हो तो पल में तैयार हो जाएंगे लड़ने को...

अपने आप से लड़ने में हिम्मत नहीं होती...

ऐसा ही मेरे साथ था...

मैं आपने आप से नहीं लड़ पा रहा था...

रह रह के दूसरों की अनकही बातें...

मन को व्यथित कर रही थी...

जो हुआ वो तो हो चूका था....

पर जो नहीं हुआ था अभी...उसी को सोच कर...

घर में सब क्या कहेंगे....

बाहर सब लोग क्या कहेंगे...

सब बातें करेंगे...मैं हार गया...

भाग गया मैदान से......

रेस में भाग लेने से पहले हार मान ली....

ग्लानि...कुंठा...टीस रह रह के...

मन में उबाल ला रही थी...

ऐसा था जैसे मेरा तो आस्तित्व है ही नहीं...

बहुत ही मुश्किल है अपने आप से लड़ना...

सच में....बहुत मुश्किल...

सबसे मुश्किल तो तब है जब...

पता चलने लगता है कि तुम...

तुम तो हो ही नहीं....

सिर्फ खिलौना मात्र हो...

जो सब के इशारों पे नाच रहा है...

कभी इधर कभी उधर...

और नचाने वाले मज़ा ले रहे हैं...

जब नहीं नाचते हो तुम....

तो आक्षेप लगते हैं...

कि किसी काम के नहीं हो...

कुछ नहीं आता...कुछ नहीं कर सकते तुम...

उलझ गया मैं...हर पल परेशान...ना इधर ना उधर....

हार रहा था मैं अपने आप से...

फिर से वही हार....

मुंह बाये खड़ी है...

हार...........

&

42) हार-6......

दूसरों को समझाना कितना आसान है....

अपने को कितना मुश्किल.....

जब अपने पे पड़ती है तो बौखला जाता है इंसान....

मैं हर दूसरे दिन किसी को समझाता फिरता था...

कि कैसे मुसीबतों से लड़ा जाए....

पल दो पल में ही हार नहीं मानो...

हिम्मत से मुकाबला करो...

जीत बहुत पास है....

पर अब खुद मैं मुकाबला कर नहीं पा रहा था....

मैं हर किसी को सलाह देता रहा...

शिक्षा देता रहा लड़ने की...हिम्मत रखने की...

सब कुछ मनघडंत अपनी तरफ से बना के बोलता रहा...

पर सबसे बड़ी सच्चाई...जो जरूरी थी...वो नहीं बता पाया...

कि आपने आप से कैसे लड़ा जाए...

बताता भी कैसे...मुझे खुद को भी नहीं पता था...

कितनी झूठी थी सलाह...शिक्षा मेरी....आज पता चला....

जब मेरी तारीफ़ करता था कोई मैं गर्व करता था अपने पे...

मुझ जैसा कोई समझदार नहीं है......

आज वो दम्भ...वो गर्व....कितना सत्य है....सामने था मेरे.....

हर पल कचोटता मुझे....हंस रहा था मेरे ऊपर....

पल भर की खुशिओं को...प्रशंसा को जो मन भ्रमित करती थी...

सच्चाई से कोसों दूर थी...

अपने दिमाग में कितना चढ़ा लिया था...

आज पता चला मुझे....

मेरी औकात कितनी है उनके आगे....

ये आज पता चला मुझे....

वो मुंह चिढ़ा रही थी मेरा और मैं बेबस...लाचार...

अपनी ही शर्म में डूबा जा रहा था...

सच से सामना कर के...

कितना मुश्किल है सच्चाई का सामना करना...

झूठ के पैर नहीं होते सुना था मैंने...

पर सच जब आईना दिखाता है...

अपना ही चेहरा कितना वीभत्स दिखता है...

नहीं पता था मुझे....

पता होता भी कैसे...सच से वास्ता रखा हो तो ना...

टूट रहा था मैं...

दम्भ....गर्व...मान...सम्मान....

सब बिखर सा रहा था...

अंदर ही अंदर अपने आप से.....

पीड़ित हो रहा था...

मैं....

43) हार-7......

इतनी ग्लानि...इतनी कुंठा...इतनी शर्म...

अपने आप पे...कभी महसूस नहीं की थी....

शायद इस लिए भी कि ज़िन्दगी में कभी...

अपने को जानने की इच्छा ही नहीं थी...

दूसरों की बुराईयां ढूंढते रहा....

दूसरों को ही बदनाम करता रहा...

या डरता रहा अपनी बुराईओं से...

बाहर आयी तो क्या होगा....

कुछ भी था पर अपने को नहीं जानता था...

मैं...बस....

आज अपने को मिलना चाहता हूँ....

तो अपने को ही नहीं पहचान पा रहा....

इतना घिणौना सा चेहरा है मेरा....

ऐसे लग रहा जैसे किसी अजनबी से मिल रहा हूँ....

ऐसा अजनबी जो मुझपे हँसता जा रहा है...

और मैं अवाक उसको देख रहा हूँ...

कर भी क्या सकता हूँ....

विचलित हूँ अपनी ही दशा पे...

रोना चाहता हूँ...चिल्लाना चाहता हूँ....

किसी पे नहीं सिर्फ अपने पे....

पर वो भी नहीं कर पा रहा हूँ...

लोग कहेंगे कि कितना कमज़ोर है...

मर्द हो के रोता है....

रोना भी है तो दूसरे की मर्जी से...

कितना असहाय सा हूँ मैं...

दूसरों के दिए नामों से जाना जा रहा हूँ....

दूसरों की दी प्रशंसा की ख़ुशी में नाच रहा हूँ...

गौर्वान्वित हो रहा हूँ....

अपना कुछ भी नहीं...

नाम...शोहरत...पहचान...

सब किराए का....

मेरा अपना है क्या....

कौन हूँ मैं...

घिन्न आती है मुझे अपने आप से...

जब ये सवाल अपने से करता हूँ...

मजबूरी है...करना पड़ रहा है...

कितना बेबस हूँ...

मैं....

౪

44) हार-8....

हार रहा था मैं....

कोई मुझे नहीं हरा रहा था...

अपने आप से ही हार रहा था....

अजगर की भाँती हार मुंह खोले खड़ी थी...

हर सांस के साथ जैसे अपनी तरफ खींच रही...

सांस लेनी दुश्वार थी...हांफ रहा था मैं....

जैसे मीलों भागा हूँ...

बिना किसी आशा के...परिणाम के.....

निर्जीव...निष्प्राण...निढाल सा हो...

मैं सामने पड़ी कुर्सी पे धम सा गिर पड़ता हूँ....

आँखें बंद...सर धंसा हुआ सा घुटनों में....

रह रह के सर के बालों को यूं खींचता हूँ...

जैसे सब कुछ बाहर फैंक देना चाहता हूँ...

जो मन में चल रहा है....

बवंडर सा विचारों का...

चक्रवात सा जैसे गहरे खींच रहा है....

नीचे को....

हार गया मैं....

अनायास मुंह से निकलता है...

आँखें बंद किये बैठा रहता हूँ...

कुछ देर में आँखें खोलता हूँ...

सामने दीवार पे एक पोस्टर लटका है....

उसपे लिखा है...

"क्या ले कर आये थे जो तुम हार जाओगे...

क्या ले कर यहाँ से जाओगे जो तुम्हारा अपना है"....

मेरी आँखें जैसे उस पे गढ़ से गयी...

बार बार आँखों से पढता हूँ....

फिर बुदबुदाने लगता हूँ...

तेजी से...

फिर जैसे जैसे पढता जाता हूँ....

भाव शब्दों के मन में उतरने लगते हैं....

संजीवनी बन प्राणों में संचार कर रहे हों जैसे....

स्वाति बूँद का सागर प्यासे को मिल गया हो जैसे...

और रोम रोम से मेरे भाव स्फुटित हो रहे हों...खिल रहे हों...

यस....

मैं चिल्ला उठता हूँ.....

सूर्यमुखी के फूल जैसे उसको देखे ही जा रहा हूँ....

धरा जैसे बेवक़्त घूम गयी हो...

सूर्य की रौशनी निकलती नज़र आने लगती है....

प्रकाश की किरणे घने बादलों को चीर रही हैं...

आँखों पे...मन पे...पड़ी परतें...

उधड़ने लगती हैं....

घूंघट के पट धीरे धीरे खुल रहे हैं...

परत-दर-परत बिखरा था जो...

पल में जैसे अपने से जुड़ गया...

बहुत ही हल्का सा लग रहा सब...

ऐसे जैसे कुछ हुआ ही नहीं...

जो पहले सपने जैसा था...

वो वास्तविकता में मेरे सामने था...

"सच में वो दयालु है जिसकी किरपा से धरती थमी है"

कितना पागल हूँ मैं.....

सामने मेरे समाधान था और मैं....

अपने आप से शिकायत कर रहा था....

मैंने बोला था ना "फिर मिलते हैं"....

वही इंसान मुस्कुराता सा मेरे सामने आ जाता है....

लगा जैसे....वो कोई और नहीं...

मैं ही हूँ...

सिर्फ मैं....

☙

45) अनुभव....

आँखों पे उसकी मोटा सा चश्मा है...

उम्र के साथ रौशनी आँखों की भी..

दिन-ब-दिन कम हो रही है...

बड़े बड़े अक्षर भी...

कम नज़र आते हैं अब उसको...

लेकिन हर किसी के...

चेहरे के...आँखों के...आवाज़ के भाव...

कितना भी छुपा लो उससे...

वो पकड़ लेता है....

अनुभव है ज़िन्दगी का...

पर आज वो अनुभव चुप्प है...

भाव विहीन सा है....

अपनों के भावों को पढ़ने में...

पता नहीं उसने गलती की...

या कि अनजान बन गया...

बीच रास्ते में...हाथ पसारे...

अपने बेटे के आगे...

भीख मांग रहा है...

अनुभव धोखा खा गया...

या प्यार ने धोखा दिया...

समझ से परे है मेरी....

पर मुझे वो एक और...

अनुभव दे गया...

मोटे से चश्में में...

सदियों का सफर दीखता है...

मुसीबतों की लू से खुश्क हुई आँखें...

कभी अपनों के दर्द से आयी नमी उनमें...

यकीनन बरसात भी बरसी होगी उन आँखों से...

अपने बच्चों को उनकी मर्जी से न पाल पाने में...

पर असमर्थता से प्यार में कमी न हुई होगी...

बताती है झुकी सी कमर उसकी...

भागा होगा वो मीलों प्यासा भूखा ही...

सांसें सायें सायें सी सीनें से..

आती जाती सुनती हैं...

अपनों के लिए किस कदर जागा होगा...

लोरी सुना उनको सुलाने की खातिर...

सब सुनाती हैं मुझे रह रह के उठती...

खामोश सी आहें उसकी...

कितना बलशाली रहा होगा वो कभी...

जब लाचारी..बदकिस्मती...ज़िल्लत में भी...

अपनी बाहों में उठा बच्चों को....

सहरा पार कराया होगा...

कभी जो हारा नहीं था...

आज अपने ही बेटे के आगे...

हार गया लगता है....

मुझे अनुभव दे गया लगता है....

☙

46) शाम की बेला...

शाम की बेला है...

जेठ दोपहर की...

तपिश लिए...

ज़िन्दगी में थपेड़ों से...

उलझी है सांसें...

अब ठंडी सी...

काली रात आने दो...

तपिश को भी ...

आराम होने दो...

॰ॐ

47) प्रतीक्षा...

आखिर क्यूँ तुम मुझको तलाशते रहते हो.......
बदहवास से इधर उधर भटकते रहते हो.....
जीए होते निस्वार्थ प्यार में तुम एक पल भी....
कह उठते खुद कि तुम मेरे साथ रहते हो....

पाना न पाना ज़िन्दगी में चलता रहता है...
गम का तो कभी ख़ुशी का दौर रहता है...
जो तटस्थ है हर मौसम में मेरी तरह से...
कहाँ उसको जहां में कोई मार सकता है.....

हर रूह में रहता हूँ हर आँख से दीखता हूँ मैं....
हर शै में तस्वीर बन पल पल उभरता हूँ मैं....
फिर भी तुम देख नहीं पाते हो मुझे स्वार्थवश...
अंतर्मन में देख तेरी ही तो प्रतीक्षा में खड़ा हूँ मैं...

48) कुर्सी...

हे कुर्सी तू बहुत ही प्यारी है...

तेरी लीला बहुत न्यारी है....

तेरे जन्म पे मैं बलिहारी है...

हे कुर्सी तू बहुत ही प्यारी है...

अपना तेरा कोई धर्म नहीं...

फिर भी दंगे हो जाए हैं...

पल में दोस्त दुश्मन बनें...

दुश्मन दोस्त हो जाए है...

तेरी लीला बहुत न्यारी है....

हे कुर्सी तू बहुत ही प्यारी है...

अनपढ़ हो या हो विद्वान्...

तू सबको आसन देती है...

तेरे मोह से वो भी बच न पाए...

जो नैतिकता का ठेका लेते हैं...

तेरी लीला बहुत न्यारी है....

हे कुर्सी तू बहुत ही प्यारी है...

समय के साथ तू भी है बदली...

नाटी, लंबी, मोटी कभी पतली...

हो कैसी भी तू दिखती पर...

लगती फिर भी प्यारी है...

तेरी लीला बहुत न्यारी है....

हे कुर्सी तू बहुत ही प्यारी है...

कभी सजाया शिक्षक ने तो...

कभी चोरों का मान बढ़ा...

कभी नारियल से पूजा तुमको...

कभी संसद में उछाल दिया...

तेरी लीला बहुत न्यारी है....

हे कुर्सी तू बहुत ही प्यारी है...

समय समय के देव विराजे...

मनुष्य, राक्षस गण भी साजे...

लालच तुझ को पाने को...

हर युग गए हथकंडे साधे...

तेरी लीला बहुत न्यारी है....

हे कुर्सी तू बहुत ही प्यारी है...

जब तक तेरा मोह रहेगा...

प्रजा से विछोह रहेगा...

बैठे कोई नैतिक धनवान...

फिर होगा सबका कल्याण....

हे कुर्सी तू बहुत ही प्यारी है...

तेरी लीला बहुत न्यारी है....

☙

49) गधेजी....

बचपन में हम गए एक मेले में...

बन-ठन ठुम्मक ठुम्मक ठेले में...

हर तरफ थी खूब चहल पहल...

लोग भी थे बड़े रंग बिरंगे से...

कोई लाल कोई पीला...

हम थे नीले में...

हर तरह के स्टाल थे लगे हुए...

कहीं बर्तन...कहीं कपडे सज्जे हुए...

खाने पीने के स्टाल पे थी भीड़ भारी...

कचोरी पूरी और चने की चाहत सब को भारी...

एक तरफ था खूब शोरगुल हो रहा...

ताली पे ताली थी रह रह के बज रही...

हम भी उत्सुक से वहां जा पहुंचे...

देखा बीचो-बीच गधे को मालिक उसका लेके खड़ा...

गधा भी बड़ा अजीब सा गधा था....

जो भी कहो कान में सिर्फ 'हाँ' में सर हिलाता था...

शर्त थी मालिक की जो 'ना' में गधे की गर्दन हिलवा देगा...

जितना लगाएगा १० गुना इनाम उसको वो देगा...

देखते देखते कई लुट गए...

सब हैरान ऐसा ही क्यूँ है...

गधा सर हाँ में ही हिलाता क्यूँ है...

हमने फिर एक तरकीब लगाई...

और फट से शर्त दे लगाई...

दिया मालिक को ५० का नोट...

बोला अब तैयार रखो १०० के पांच खरे नोट...

हमने गधे के पास जा कान में...

यूं मुंह में मिश्री रख के बोला....

हे गधे जी.....

इतना सुनना था...कान गधे के खड़े हो गए...

हमारी तरफ देख यूं मुस्कुराया....

जैसे मेले में बिछड़ा भाई हो पाया....

हमारे दिल में भी कुछ था होने लगा...

संभाल अपने को फिर कान में बोला....

गधेजी...मन हमारा नहीं आपको गधा बोलने का...

इतने ग्यानी हो...मेहनती हो...

आप गधे तो हो नहीं सकते...

खुद देख लो मेहनत तो आप कर रहे हो...

मालिक आराम से खा रहा...

"आप" तो धूप में जल रहे हो...

वो मजे में शरबत उड़ा रहा...

आप सच में गधे हो क्या...

जैसे ही मैंने ये कहा....

गधे ने जो ना में गर्दन दे हिलाई....

मालिक की तो जैसे सब मुंह को आयी...

लोग दे ताली पे ताली बजा रहे थे...

हम मालिक से अपने पैसे मांग रहे थे...

वो पूछा ऐसा बोला क्या तुमने कि गधा...

ना में ही सर हिलाया....

मैंने फिर सब उसको बताया..

लोग हंस हंस के पागल हो रहे थे...

और मालिक खिसियाने से हो...

'गधे जी' को नोच रहे थे....

☙

50) गधों का मता.....

यह राजनीति भी कैसी राजनीति है....
बिना सर पैर सरपट भागती है....
मुद्दे सब पीछे छूट जाते हैं...
जनता भौचक्की ताकती रह जाती है....

इलेक्शन आते ही नेताओं के ज्ञान चक्षु खुल जाते हैं...
कुछ तो नए नए शब्द गढ़ देते हैं....
कुछ पुराने शब्दों की परिभाषाएं...
अलग अंदाज़ में देने लग जाते हैं......

आज कल 'गधा' शब्द नंबर १ ट्रेंड कर रहा है...
बचपन में जो पढ़ा था उसमें घट बढ़ रहा है...
और गधों का अपना इनफार्मेशन ब्यूरो है...
कहाँ क्या हो रहा सब खबर आ जा रहा है...

खबर मिली है गधों ने मता पास किया है....
नेताओं ने मिलकर उनको बदनाम किया है...
पूछा है हलफनामें में सब गधों ने मिलकर....
वो बताएं अब तक उन्होंने क्या काम किया है...

हम दिन रात काम करते हैं बिन सोचे समझे...
हम को यहाँ देखो ले जाते हैं हमसे बिना पूछे ...
नेता कहाँ रहते हैं कभी दीखते ही नहीं...
किया कुछ नहीं नाम हमारा यूस करते थकते नहीं...

काश! कभी हम जैसे बन काम किया होता...
किसी का बुरा न सोचा होता न किया होता....
माना काम नहीं करना उनको कोई बात नहीं...
पर हमारे नाम की जगह दिमाग यूस किया होता...

51) कवि महोदय.....

पढ़ पढ़ के कविताएं हमपे भी कवि बनने का जूनून सवार हो गया....

हम इस से भी बढ़िया लिख सकते हैं दिमाग पे यह भूत सवार हो गया...

इस शान से जोश में कलम को मैंने उठा लिया...

जैसे लेखनी में तगमा कोई अभी हो पा लिया...

अभी कुछ सोचते के नींद आँखों में भर आयी....

पी एक-दो चाय की प्याली और एक मस्त ली अंगड़ाई....

लगे खयाली पुलाव पकाने और उसपे तड़के लगाने....

जोश की आग में कलम को ऐसे तपाया....

कि खिचड़ी बन सब बाहर आया.....

मस्त हो के लिखे का अवलोकन जो करने लगे....

पूछो मत क्या क्या अपने अंदर से बेस्वाद शब्द निकलने लगे....

फिर महबूब कि तस्वीर उठायी....

लगा आज तो ग़ज़ल बस निकल ही आयी...

उसकी खूबसूरती में हम इतना खो गए....

फिर क्या था बिना कुछ सोचे..लिखे सो गए...

बड़े बड़े कविओं के फिर संग्रह उठाये....

पर शब्द उनके मेरी समझ न आये....

बीन वो मेरे आगे मुंह फुलाए बजाने लगे...

हम फिर कोई और जुगाड़ बिठाने लगे.....

थक हार के फिर हमने इक तरकीब लगाई...

नामी ग्रामी रचनाओं कि एक सूची बनायी....

कुछ इधर से कुछ उधर से मनभावन अलफ़ाज़ उठाये....

तब कहीं एक सुन्दर सी कविता लिख पाये...

और "चन्दर" फिर कवि बन शान से बाहर आये....

☙

52) मुझे ऐसा क़ानून चाहिए....

देश के खिलाफ जो करता है बोलता है....

ऐसे देशद्रोहियों को सरेआम दंड मिलना चाहिए....

मुझे ऐसा क़ानून चाहिए.....

समाज को कलंकित जो करे...

किसी की अस्मिता जो लूटे.....

वो देशद्रोही घोषित होना चाहिए.....

मुझे ऐसा क़ानून चाहिए.....

जो भ्रष्ट हैं वो देश पे कलंक हैं....

इनको भी देशद्रोही घोषित होना चाहिए.....

मुझे ऐसा क़ानून चाहिए.....

जो क़ानून का पालन न करे....

जो क़ानून पालन न करवाये....

वह भी देशद्रोही घोषित होना चाहिय...

मुझे ऐसा क़ानून चाहिए.....

जब तक ये सरेआम घूमेंगे...

डर दूसरों को देते रहेंगे...

इनके दिल में मुझे डर चाहिए....

मुझे ऐसा क़ानून चाहिए.....

बहुत नाच नचाया है इन्होंने सब को...

मुझे अब इनके पैरों में बेड़ियाँ चाहिए....

मुझे ऐसा क़ानून चाहिए.....

जो इन् सब को बचाता है...

वो भी देशद्रोही घोषित होना चाहिए...

मुझे ऐसा कानून चाहिए....

☙

भाग – 4
ग़ज़ल/गीतिका

1) अपने हाथों जां लुटानी और है...

इश्क़ मेरे की कहानी और है...

तेरे ज़ख्मों की निशानी और है...

रूह मेरी की तलब बस एक तू...

खुशबु तेरी जाफरानी और है....

दिल का दिल से मिलना था इक हादसा...

अपने हाथों जां लुटानी और है...

हो चुकी मैयत सजानी भी मेरी...

एक उनकी ही अगवानी और है...

होश आये क्यूँ तुझे फिर देख कर...

आँख तेरी मय पिलानी और है...

दर्द की आगोश का ये बांकपन....

दे रहा दिल को रवानी और है....

जी रहे हैं जीने को तो हम मगर....

रोज़ मर के जां सतानी और है....

वो जिसे तुम ढूंढते थे रात भर...

भोर तारे की रुमानी और है....

चँदर लुट के कर सुकूँ, ये इश्क़ भी...

अब बराये महरबानी और है....

ये रदीफ़ ग़ज़ल उसी का काफिया..

ग़ालिब की अंदाज़-ए-ब्यानी और है...

☙

2) उतर गए समंदर....

बड़ा ही लुत्फ़ है घुट घुट के मरके जीने में...
तीर चीर कर जाए जलन हर पल रहे जो सीने में......

खता पता न हो और इलज़ाम है कि तय हो जाएँ....
बड़ा ही खलूस सा मिलता है ऐसे में सजा जीने में....

उमंग मौजों में इस कदर थी हमारी चाह की के...
उतर गए समंदर में हम छेद कर दिए सफ़ीने में....

ख्वाब की तरह बिखर गयी हक़ीक़त पल भर में मेरी....
इस कदर मदहोश रहा मैं हर पल जो तुझको जीने में.....

ऐसा न हो वो आएं और बदल जाए रंगत मेरी.....
सजा रखा है चेहरा 'चन्दर' ने स्याही से बड़े करीने में....

☙

3) बात सिर्फ तुमसे

तुम को हम हमसे छुपाएं तो छुपाएं कैसे...
तुम मेरी शाम-ओ-सहर हो...तो भुलाएं कैसे....

याद बस याद ही होती तो दफ़न कर दूँ उसे...
दिल में तुम हो तो...फिर इस दिल को जलाएं कैसे....

हुकुम तेरा मुझे अज़ीज़ है....ए जाने-वफ़ा....
दिल को तेरी ही तलब हो...तो मनाएं कैसे.....

तुम जो खुश रहने को कहते हो...सब अच्छा है...
उल्फत ख़ाक-ऐ-सपुर्द हो तो ...ईद मनाएं कैसे.....

कौन है छाँव किये बैठा......मेरी कबर पे आज....
बाढ़ अश्कों की डुबो देगी.....उसको रोकें कैसे...

मैं ना कहता था कभी भूल ना पाओगे मुझे.....
ना हुआ ' चन्दर' तो... बकर-ईद मनाओगे कैसे....

मेरी कश्ती मेरी पतवार थी...सब तेरे लिए....

मौज तेरी ही में जो डूबा है...तो बचाऊँ कैसे....

☘

4) तुम ही तुम हो...

अन्जाम-ऐ-मोहब्बत तू मुझको डराता क्यूँ है.....
अपने ही घर में मेहमान सा नज़र आता क्यूँ है...

हर पल मेरा ही आईना मुझको रुलाता क्यूँ है....
जब भी देखूँ अक्स तेरा ही नज़र आता क्यूँ है....

जब भी देखता हूँ मैं कभी साया अपना...
तेरा ही साया उसमें मुझे नज़र आता क्यूँ है....

जहाँ भी जाऊं नहीं दिखता मुझे कोई खुदा...
हर शय में तेरा ही चेहरा नज़र आता क्यूँ है....

बहुत खोजा बहुत पुछा अब हार गया इस से...
दिल जो था मेरा वो धड़कन तेरी सुनाता क्यूँ है...

तुम ही तुम हो बस तुम ही हो ये पता है मुझे.....
फिर भी "दिल तेरा" यह मुझको सुनाता क्यूँ है....

हर तरफ बस एक ही चर्चा है ज़माने में " चन्दर"....

यह दीवाना बस एक ही अफसाना सुनाता क्यूँ है...

℘

5) कशमकश......

ज़िन्दगी मेरी तो यारो सिगार की मानिंद सी हो गयी है....

एक कश आग सी लपकती है तो दूसरे धुआं सी देती है....

ए मौजे तलब तू क्यूँ मुझको इस इश्क़ समंदर ले आयी....

एक लहर दर्द-ऐ-फुगाँ उठती है दूसरे आस्तीन भिगोती है...

क्या पता था इस कदर नाखुदा भी होगा कोई मेरा खुदा...

एक नज़र जिसकी ताबानी हो और दूसरे राख करती है...

मशवरा है मेरा तुमको ज़िन्दगी को अपनी सम्भाल रखना...

एक पल ये मसीहा दिखती है दूसरे मोहताज हो जाती है...

ये कौन आ गया अब फिर से मीना-ऐ-हुसन को " चन्दर"....

इक जाम जो दिल चीरती जाती है दूसरे उबल सी आती है...

6) तेरी बातें....

तेरी बातें सुनायी देती हैं...
दिल पे लिखी दिखाई देती हैं....

रोज़ सुनता हूँ दिल के तान्हें...
हार की गूँज सुनायी देती है......

तन अकेला है मन है तन्हा...
चाँद में आग दिखाई देती है...

आँखें भीगी हैं के बरसती हैं...
ये तो पत्थर दिखाई देती हैं....

दिल में तूफाँ है बाहर बूँदें...
आग बढ़ती दिखाई देती है...

हुस्न तेरे से है रोशन महफ़िल...
तू क्यूँ ग़मगीन दिखाई देती है...

ऐसे गुज़रे तुम दिल के आस्ताँ से....
बस्ती अब भी उजड़ी दिखाई देती है....

इस कदर हुसन जलवाफरोश तेरा...
हर तरफ तू ही तू दिखाई देती है....

थम चुका तूफाँ कब का बेशक....
सरसराहट अब भी सुनायी देती है....

तेरे आने में और जानें में....
ज़िन्दगी-मौत दिखाई देती है...

वक़्त है या के है ये दिल तेरा...
मेरी धड़कन डूबी सुनायी देती है....

ग़ज़ल उसकी के नसीब तेरा "चन्दर"...
फातिहा इश्क़ सी सुनायी देती हैं...

7) निशाँ ढूंढते हैं....

लोग मेरी ज़िन्दगी का निगेहबाँ ढूंढते हैं...
अफसानों में मेरे इश्क़ का जहॉ ढूंढते हैं...

दो पहर रात बाकी है सूली को अभी से....
गिरह लगाने को गर्दन पे निशाँ ढूंढते हैं....

मोहब्बत उसकी से ख़ौफ़ज़दा है सब इतने...
हर अफ़साने में उसीकी ही दास्ताँ ढूंढते हैं....

ता उम्र सलीब अपनी पे लटका फिरा जो...
रहनुमाई को अब हर गली मकाँ ढूंढते है...

तिनका-२ तक फूंक डाला आशियाँ मेरे का...
राख के ढेर में अब "चन्दर" के निशाँ ढूंढते हैं.....

8) सवाल .....

दिन गुज़र गया तेरे ख्यालों में....
रात कट गयी मेरी आहों में....

कैसे लगती है आग सावन में....
देखि लपटें निकलती आँखों में....

फिर से छेड़ा है राग ये कैसा....
दर्द ठुमके तेरे सुर साज़ों में....

राज़-ऐ-दिल किस तरह कह दें...
तालाबंद हैं जो मेरी साँसों में....

किस लिए भीगी तेरी कलम "चन्दर"...
आज पूछे है दिल आँखों में.....

9) सवाल-जवाब......

तुम जो रूठी हो तुम्ही बताओ कि हम तुमको मनाएं कैसे....

अपने दिल से ही पूछो तुम हम क्यूँ बताएं के मनाएं कैसे...

तुम को है हुस्न पे तो हम को भी है अपने इश्क़ पे गरूर....

होगा पर हम हैं हुस्न तो इश्क़ के हर नाज़ को उठाएं कैसे....

तुम हो इश्क़ के परवाने तो हर कली पे फिर मचलते क्यूँ हो....

मगरूर हुस्न ना दे गर साथ तो हम दिल को फिर बनाएं कैसे.....

तुमको क्या पता कैसे गुजरती है रातें मेरी तनहा सी हर पल....

दीवाना है तेरे इश्क़ का दिल मेरा भी अब इसको समझाएं कैसे....

चलो मान जाते हैं दोनों ही एक दुसरे से ऐ मेरे हमनशीं मेरे दिलबर....

फिर ना जाने वक़्त कब कहाँ कैसे हम को मिलाये और मिलाये कैसे....

☙

10) खिलौना.......

खुदा तुम भी मतलबी हो सृष्टि का जो नमूना बनाया....
मन बहलाने को अपना उसमें इंसान खिलौना बनाया....

तमाशा देखता हूँ रोज़ ऊंचे लोगों की नीची सोच का...
हर मजबूर की इज्जत को है उन्होंने बिछोना बनाया....

सरेआम मार रहा कोई तो कोई लाशें कंधे पे ढो रहा...
दर्द सीने में ज़रा दिया होता क्यूँ सब इतना घिनोना बनाया...

आ गए फिर से हाथ जोड़ मुस्कुराते हुवे सफ़ेद वस्त्र में...
जनता को ५ साल अपने हाथों में जिन्होंने खिलौना बनाया....

जब चाहा खेले दिल से तुम जब चाहा तब तोड़ दिया....
खुदा ही निकले तुम भी जो " चन्दर" खिलौना बनाया...

11) मुठी ख़ाक भर ही तो है.....

माना मेरी ज़िन्दगी मुठी ख़ाक भर ही तो है...
हर एक शै यहाँ भी फिर राख-ज़र ही तो है....

हर शख्स ज़माने में बदल सा रहा है क्यूँकर....
जिस्म-जहाँ सभी किराए का घर ही तो है....

देता रहा मैं तुमको सदा रुक के बार बार.....
यह ज़िन्दगी मेहमान मेरी रात भर ही तो है.....

दिल के करीब है बहुत वो दर्द का जहां....
कहता था दर्द मेरा एक आँख भर ही तो है.....

"चन्दर" भी लुट रहा था कुछ इस उम्मीद से....
ज़िल्लत भी जैसे सिर्फ एक बात भर ही तो है...

12) एक मुद्दत हुई तुमसे आँखें मिलाये हुए....

एक मुद्दत हुई तुमसे आँखें मिलाये हुए....
सदियां हो गयी ज़िन्दगी को मुस्कुराये हुए...

बारिश अबकी बार होनी ही चाहये....
अरसा हुआ आँखों में आंसू लहराए हुए...

दिल है कि भूल गया धड़कन पर लेकिन...
याद हम हैं उनको तभी हैं वो दूरी बनाये हुए....

हवाएं चली तेज फिर थक के रह गयी...
सुकून से मैं भी था सब अपना लुटाये हुए...

बहुत आये समझाने यूं ज़ख़्मी रूह को मेरी...
बेताब हों बिन किसी को चोट पहुंचाए हुए...

आखिर करता क्या उठा ज़ोर से दिल के आस पास...
मुद्दत जो हो गयी थी 'चन्दर' दर्द को सहलाये हुए....

13) पराकाष्ठा....

मैंने सबका दर्द उसको है सहते देखा....
ज़िन्दगी में छुप्प छुप्प के है रोते देखा...

जाने किस मिटटी से बनी है वो मूरत....
दर्दे बरसात में ना उसको ढलते देखा....

है जो दिल में वो दिल में ही रह जायेगा....
ज़ख्मों को सीने में दबाते पिरोते देखा....

है आग इतनी के भसम कर दे सारा जहां...
दिल ऐसा खुद को समंदर में डुबोते देखा...

अजंता की कोई मूरत वो दिखती मुझको...
दिल पे पत्थर रख उसको बस हँसते देखा....

हर पल तू इम्तिहान लेता है उसका खुदा..
नाज़ 'चन्दर' को उसपे तुझे धत्ता कहते देखा...

14) तुम मिले ज़िन्दगी मिली जैसे....

तुम मिले ज़िन्दगी मिली जैसे....

इक हक़ीक़त मिल गयी जैसे....

था अंधेरों में भटकता मैं...

तुम मिले रौशनी मिली जैसे....

इस कदर प्यारा सरूर भरा...

तेरा चेहरा मयकशी जैसे...

दिल पुकारे तुझे इस तरह से...

सांसें हों दाँव पे लगी जैसे.....

रात आँखों में है कटती मेरी...

सुबह मिलके तुझे आएगी जैसे...

राह देखूँ या संवारूं खुद को...

मेरी किस्मत में बेबसी जैसे...

आ के आने में है क्यूँ देर करि...

ज़िन्दगी बोझ बन रही जैसे...

तेरे चेहरे पे है नूरे खुदा....

इक रूहानियत हो मिली जैसे....

☙

15) ये दिल सिवा तुम्हारे......

ये दिल सिवा तुम्हारे कोई जानता नहीं....
कुछ भी कहूँ इसे मैं ये मानता नहीं....

अपनों और परायों का हुजूम बेशुमार...
फिर भी है दिल परेशान कोई जानता नहीं....

धुंआ धुंआ सा उठता है आँखों में मेरी...
जैसे हो कुछ सुलगता पर दागता नहीं....

आँखों की दोस्ती में जुबां खामोश है....
दिल बेसब्र सा मेरा कुछ मानता नहीं.....

है वक़्त की नदी में मेरे प्यार की पनाह....
लेकिन जुनूँ मेरा मुझे संभालता नहीं....

दिल की बात होंठों पे आ दब के रह गयी...
इक सरसराहट हुई पर रास्ता नहीं....

अरमान तेरे दिल के कसम मेरे इश्क़ की.....
हो जाएंगे पूरे खुदा मानता नहीं......

16) फासले दिल के....

जुस्तजू में ही, बिखर गए, सपने मेरे...
चर्चे भी हर तरफ, उम्मीद से, निकले मेरे....

वक़्त गुज़रा है, कुछ इस-तरहा मेरा...
अपने ही रूप में, दुश्मन नज़र, आये मेरे....

रोज़ मिलते हैं, बिछड़ते हैं, मेरे दिल से....
गम भी तन्हा से, मुझ बिन अब, रहते मेरे....

रंग फीके हैं, तस्वीर-ऐ-महबूब, या फिर...
आईनें दिल के ही, धुंधले से, हो- गये मेरे....

अब न मैं हूँ, न ही तन्हाई है, कोई 'चन्दर'...
फासले दिल के, दिल ही में, मिटे मेरे....

17) कहाँ से लाऊँ ढूंढ के...

घर था कभी जो अब मक़ान हो गया...
ज़िंदा लाशों का वो शमशान हो गया....

कच्चे घरों में आती थी रिश्तों की खुशबू...
पक्के क्या हुए सब सुनसान हो गया....

बरगद के पेड़ तले, फले फूले सभी मगर...
ताड़ क्या हुए बरगद ही मेहमान हो गया...

थी दिलो में रंजिशें मगर ऐसी ना थी कभी....
के दूध के कर्ज को भी मन बेईमान हो गया....

रहा दौरे मुफलिसी बेशक पर बरकतें भी थीं....
छुआ जो आसमान तो सब वीरान हो गया...

कहाँ से लाऊँ ढूंढ के अब वो रिश्ता वो दिल....
हो फख्र जिसपे के प्यार पे कुर्बान हो गया....

खोजा बहोत 'चन्दर' मगर मिला नहीं वो नश्तर...

चीर डालूँ जिससे दिल जो ज़हरे मकान हो गया....

☙

18) आसमाँ देखता रहा...

बिखरते रिश्तों का मैं जहाँ देखता रहा...
करीने से बना मकाँ देखता रहा....

जिस गुल से थी चमन में खुशियां कभी...
बेआबरू होते उसी को गुलिस्ताँ देखता रहा...

नज़रों से शर्म सर से बुद्धि भी गयी उसके.....
धरती पौधों को खाती वो समाँ देखता रहा...

चुने थे रिश्ते उम्र भर के लिए कभी जो...
खत्म होते कागज़ से कभी बा-ज़ुबाँ देखता रहा...

सजा था ताज और गिरी बिजली सर पे कभी....
वक़्त के साथ बदलता मेहरबाँ देखता रहा...

ज़ाहिर करूं क्या दिए ज़ख़्म अपनों के...
बदन पे अपने 'चन्दर' बस निशाँ देखता रहा....

कौन यहाँ अपना जहॉं से क्या रिश्ता है....
फिसलती रही ज़मीं मेरी, आसमाँ देखता रहा....

19) रिमझिम बारिश निकली मेरी आखों से...

दुनिया के पहरे से डरती रहती है...
दिल आँगन में सबसे छिप के मिलती है....

दिल में तेरे जो है वो बतला दे ना....
शाम सवेरे यूं ही रूठी रहती है....

मिलने को तो दिल दोनों के मिलते हैं...
किस्मत अपनी ही न लेकिन मिलती है...

सपने तेरे मेरे थे, सो टूट गए....
ग़ुरबत में उल्फत कब किस को मिलती है....

रिमझिम बारिश निकली मेरी आखों से...
आँख 'चँदर' क्यूँ तेरी सूजी लगती है....

20) एतबार...

अश्क आँखों से बहाकर कोई इकरार करे...
संग दिल दुनिया में कैसे कोई इज़हार करे....

ले मुझे डूबा मेरा दोस्त मांझी वो मेरा...
कैसे अपनों पे भी क्यूँ अब कोई ऐतबार करे...

अपने होंठों पे सजाओ गीत ऐसा कोई....
आग सावन की न दिल पे कोई भी वार करे...

रोज़ अब किस से कहें हम अपना तन्हाई-ए-गम...
याद करके दिल क्यूँ खुद को शर्मसार करे...

आज फिर दिल को रुलाया और समझाया है...
चाँद आयेगा ज़मीं पर क्यूँ तू एतबार करे...

कौन लेता है जहां भर के ग़मों की दौलत...
जो तबाह इश्क़ में न शिकवा कभी यार करे...

21) नाज़ुक बहुत हैं इश्क़ के धागे...

जब भी मिलो तुम, मुस्कुरा के बोलना....
अपनी हकीकत को, छुपा के बोलना....

आईने को झूट कहने से पहले तुम
नज़र अपनी खुद से, मिला के बोलना

अपनी अना ही, ले डूबी थी रहनुमा
शुरू हुआ जो नभ पे, थूक उड़ा के बोलना

तासीर इश्क़ अब, समझ आयी है मुझे
चुपके से रोना, गम छुपा के बोलना....

नाज़ुक बहुत हैं, इश्क़ के धागे 'चँदर'
छोड़ तिजारत, ईमाँ निभा के बोलना....

22) बंद मुठ्ठी की बस ज़मी सी है

रोज़ मरने की, जुस्तजू की है....
आपसे मिलके ही, ज़िन्दगी जी है...

हर किसी सी चाह है न मेरी...
बंद मुठ्ठी की बस ज़मी सी है...

वो मिला दिन चार का साथ रहा...
कैसे कह दूँ वो, अजनबी ही है...

मन न मानें तो करूं क्या ये बता...
कर दे धोका जिसकी बंदगी की है...

अपने हाथों से जला ख़त जाना...
मौत से पहले ख़ुदकुशी की है....

भाग – 5

लघु कथा

1) क्या करूँ मैं......

बूढी अम्मा के कमरे में एक बक्सा पड़ा है...

ऊपर बड़ा सा ताला जड़ा है....

घर के लोगों की आँखों में वो कभी चमक....

कभी निराशा सा देता है....

"अजी सुनो कभी पुछा अपनी अम्मा से...

इस 'पिटारे' में ऐसा क्या छुपा रखा है"...

"हां पुछा बहुत बार पर कोई जवाब नहीं मिला".....

एक सुबहो अम्मा अपने नित नेम से निवृत हो...

बक्से के पास बैठ गयी...

इतने में ही खबर कानों में पंहुच गयी...

सब की आँखें बक्से पे जम गयी...

अम्मा ने बक्सा खोला....

सबसे ऊपर एक सादा लाल सा जोड़ा पड़ा है...

शादी का लगता है...

फिर एक सूट निकला साथ में कुछ पैसे...

"अरे ये तो वही सूट और पैसे हैं अम्मा..

जो मैंने तुमको "दिए" थे जब पहली तनख्वाह मिली थी....

अभी तक रखे हैं "....

और निकले उपहार जो कभी अम्मा ने....

अपनी बहु बेटे को शादी की सालगिरह पर दिए थे...

पर उनको पसंद नहीं थे....पड़े थे...

फिर अम्मा ने हाथ में धागे उठाये...शायद २५-३०......

वो राखी के धागे थे...एक दुसरे से बंधे......

जो उस भाई के लिए थे जो उसको छोड़ गया था...

क्यूँकी उसने घर की मर्जी के बिना शादी की थी....

फिर निकला पायल का जोड़ा...जो उसने पोती को दिया था...

पर बहु-बेटे ने वापिस कर दिया था...

और..... बस.....यही कुछ उसमें भरा पड़ा था...

बाकी सारा बक्सा खाली पड़ा था...

अम्मा के जीवन में रिश्तों की तरह....

अम्मा की वीरान आँखें दीवार को देख रही थी...

जैसे सवाल हो उन आँखों में....क्या कसूर था उसका...

उसने तो बेटी..बहन..पत्नी..माँ..दादी का रिश्ता जीया....

पर उसको...

पति भी ५ साल पहले छोड़ के संसार से चला गया...

कौन सा रिश्ता उसके पास है....

फिर धीरे धीरे फिसलती पुतलियाँ स्थिर हो गयी....

बक्से का मुह खुला हुआ था...कह रहा हो जैसे....

लो अब सब खाली हो गया......

घर में शोर सा मच गया...

अजी "बुढ़िया" चली गयी....अब जल्दी से इसकी तयारी कर दो...

और ४ दिन में ही सब काम ख़तम कर दो मेरे पास टाइम नहीं है....

मेरे दिल से वो "रिश्तों के पिटारे" की तस्वीर नहीं जाती....

आँखों के आगे से "हिर्दय विहीन रिश्तों" की तस्वीर नहीं जाती....

क्या करूँ मैं......

೮੪

2) अहसास! (लघु कथा)

"कहाँ जा रहे तुम इतनी सुबह?" पत्नी ने पति से पुछा....

"__________".....

कोई उतर न मिलते देख फिर बोली....

"आज माँ दुर्गा का पूजन है, काम पड़ा है...और तुम जा रहे हो..."

"____________"...

"मैं तुमसे कुछ पूछ रही हूँ, कोई जवाब क्यूँ नहीं देते...

आखिर इतनी..."

"वृद्धाश्रम से माँ को लेने"...

बीच में ही उसकी आवाज रुक गयी...जवाब मिलते ही...वो सकपका गयी...

"दो महीने के बेटे ने अक्ल ठिकाने लगा दी...

अब समझ आया मेरी माँ ने मुझे कैसे पाला होगा...मेरे बाप के न होते हुए भी"...

पत्नी की तरफ देखते हुए फिर...

"जितनी जल्दी तुम भी समझ लो...उतना ही अच्छा है"....

3) विसर्जन...

अभी पिछले वर्ष ही मिला था उसको...दोस्त के बेटे की शादी में...आज

आँखों में धुंधलापन था पर यादें ताज़ी थीं सब...हाँ, बात करते करते खो

जाता था कहीं...और बात भी ऐसे कर रहा था जैसे पीछा छुड़ा रहा हो

मुझसे...रहा नहीं गया तो पूछ ही लिया...

"सब ठीक चल रहा है न शर्मा जी घर में ?"

कोई उत्तर नहीं मिला जब थोड़ी देर तो पूछने को था फिर से कि उसकी

आवाज़ की गूँज मुझे भीतर तक कंपकंपा गयी...

"जीते जी मेरा विसर्जन हो गया है तो घर बार कैसा अब ?"

बड़ी मशक्कत के बाद मेरे हलक से आवाज निकली "विसर्जन ?"

"जीते जी जब मुझे घर से निकलना पड़ा है...सब रिश्ते नाते ख़त्म हो गए

हैं तो...विसर्जन ही हुआ न!"

फिर मेरी तरफ मुस्कुरा के जब उसने देखा तो पता नहीं उसकी हंसी में

कटाक्ष था...सवाल था...या कि जवाब....

हाँ, मैं सन्न सा देखता रहा उसे जाते.....

☙

भाग – 6
त्रिवेणी

(1)

रुको, देखो, चलो...

जीवन तुम्हारा है..

अपनों को बेसहारा न करो.

(2)

धर्म, जात, ताज...

कोई कीमत नहीं तुम बिन..

इंसान हो तुम !

(3)

बजुर्गों की लाठी...

धरोहर हमारी..

आस्तित्व हमारा.

(4)

तन धुला मन कलुषित रहा...

गंगा अपवित्र होने लगी..

पंगु होती नैतिकता..

(5)

त्रिवेणी कहूँ या संगम मन का...

रिश्ता था विश्वास,प्यार और त्याग का...

आओ ढूंढें लुप्त हुई सरस्वती को !

(6)

पाखण्ड का बाजार गर्म है...

विचारों का संग्राम तेज है..

राम राज्य स्थापना हेतु राम बहुत हैं.

(7)

ज़िन्दगी क्या है ?...

भूतकाल के पन्ने, भविष्य आंकलन..

वर्तमान इतिहास!

(8)

ध्वजारोहण...

आन, बान, शान हर भारतीय का...

राष्ट्रीय एकता.

(9)

वन्देमातरम...

भारत की रूह की आवाज़..

ज़िन्दगी को सलाम.

(10)

शहीदों के बलिदान...

आजाद हुआ भारत..

मानसिकता से फिर क्यूँ गुलाम ?

(11)

स्वदेशी बने हर भारतीय दिल से...

साकार हो प्रबुद्ध भारत आकार....

आओ स्वार्थ का करें बहिष्कार

॰ॐ

भाग – 7

हाइकू

1) हाइकू....

(आग)

आग घर की...

पानी से काबू हुई...

मन की आग?...

बेरोज़गारी....

सड़क पे हुजूम...

शिक्षा निष्फल?...

संसद खाली...

नेता सड़क पर...

जुबां से आग...

अपहरण...

हुजूम की सोच का....

आग ही आग...

जल के ख़ाक....

सब राष्ट्र सम्पति...

दोष किसका ?

नाटक शुरू...

सब की तू तू मैं मैं...

दोषारोपण...

अपना स्वार्थ...

देश हित दिखावा...

नतीजा ठेंगा!...

सोच विचार....

भ्रष्ट नेता तंत्र की...

सब पे हावी....

☙

2) हाइकू...

नील गगन
महबूब आँगन
चाँद दीदार

आकाश गंगा
अनगिनत तारे
तेरी चुन्नरी

कोयल कूके
मकसद इसका
प्यार की बोली

दिल समझे
बिना लिपि ज्ञान की
नैनों की भाषा

मंदिर दिल
सजा है मुरशिद
देख उसको

भीतर सुन
है गुंजायमान वो
ईष्ट की बोली

भाग – 8

क्षणिकाएं

इंतज़ार....

(१)

बूँद फूल पे...

लरजती सी...

घबराहट में...

ख़त्म होने की...

(२)

माँ की आँखें सूनी...

राह भी सूनी...

सूने दिल की...

आह लबों पे...

(३)

भाव भंवर...

तन कश्ती जर्जर...

हिचकोले खाये...

मन बेचैन...

साहिल को...

(४)

पथराई आँखें...

सूनी सांसें...

धड़कनें बेचैन...

सुनने को...

आहट....

(५)

सफर ख़त्म....

जमावड़ा लोगो का...

उठाने को तत्पर....

राही को....

(६)

भावों का रोपण...

हृदय का टुकड़ा...

रौशन आँखें...

'चिराग घर का'..

आने का...

इंतज़ार...

☙

भाग – 9
बेटियों को समर्पित

1) आभार....

(ये पंक्तियाँ मैंने लिखी थी जब 'बेटी' का जन्म हुआ था)

चतुर्थी है आज चैत्र नवरात्री की...

तुम्हारा अवतरण दिवस...

लक्ष्मी रूप में हमारे घर...

मेरी चाहत..मेरी मन्नत....

तुमने पूरी की....

आभार मेरे रोम रोम से....

तेरा...

मेरी प्यारी सी गुड़िया...

मेरी परी...

ज़िन्दगी मेरी की....

हर ख़ुशी....

☙

2) भारत माँ को शान हो तुम...

बेटी आँगन का फूल हो तुम...

जीवन स्वर में संगीत हो तुम...

मेरी आँखों में ज्योति हो तुम...

साँसों में प्राण मेरे हो तुम...

तुम से घर में उजियारा है....

तेरी पायल का छनकारा है

तुम हो तो घर में बहारें हैं...

शमशान तेरे बिन ये सारे हैं...

नहीं चाह कोई भी ज्यादा मुझे...

तू जीवन भर खुशहाल रहे...

ना आश्रित किसी पे तू रहे...

न हो डर किसी का न बैर तुझे...

मत करना तू अभिमान कभी...

अभिमानी के आगे न झुकना कभी....

आकाश बड़ा आँचल हो तेरा...

सूर्य सा ओज हो चाँद सी शीतलता...

तेरे नाम से हो पहचान मेरी....
तेरे नाम से ही हो शान मेरी...

बस मेरा मश्वरा एक यही है.....
चाहे बोझ तुमपे यह भारी है....
पर शक्ति तुम में असीमित है...
यह कुदरत ने तुम में डाली है....
पत्थर दिल मत बनना तुम...
पत्थर बन मुसीबत से लड़ना तुम....

ललकारे गर जीवन में कोई...
धोबी पछाड़ से पछाड़ना तुम...
बढे हाथ किसी राक्षस का अगर...
दुर्गा बन सब संहारना तुम...
बन लक्ष्मी बाई देश जगाना है...
माँ टेरेसा जैसे भी संभालना है....

मत माँगना भीख किसी से तुम...
अधिकार स्वयं का पैदा करना तुम...

करो शौर्य बुलंद अपना इतना...

खुद खुदा पूछे क्या तेरा सपना....

अटल हो तुम परचंड हो तुम....

कर्म करो निर्भय हो कर तुम...

माँ बाप का गौरव मान हो तुम...

इस भारत माँ को शान हो तुम...

☙